パーキンソン病と暮らす

野崎 美穂子

文芸社

挿絵　南　椌椌

まえがき

二〇一九年六月、京都で世界パーキンソン病学会（ＷＰＣ）が行われた。普通、学会といえば一般の人とは関係ないように思われるが、この学会は医師、研究者、看護師、介護士、療法士、患者、家族などに広く門戸を開いており、二年に一度、しかも日本では初めて開催された。私の仲間たちも十数名参加した。また、事前に応募したビデオコンテストも目玉となっており、ＰＤ（パーキンソン病患者）の仲間たちが制作、出演したビデオも六十九作品のうちの十二作品に選ばれたりした。全国的なニュースにはならなかったが、随分賑わったようだ。半月以上経っても、参加した仲間たちからの報告が次々に入ってきて、居ながらにして世界のパーキンソン病の最新情報に触れることができている。

私も何か私なりの参加をしたい、とこの本を書くことを思い立った。

私はパーキンソン病と診断されてから十八年、脳深部刺激療法（ＤＢＳ）手術を受けて二年になる。症状は、初診の時の先生の診立てどおりの進み方で、仕事もこの三月まで続けてこられた。

診断された時から今に至るまでを振り返ってみると、初期の頃に、薬はもっと少なめに抑えたらよかったのかもなどと悔いもあるが、先への見通しなど二の次三の次で、日々の目の前のことに一生懸命に生きてきた。仕事の面では病気を苦にせずやりきった達成感があり、それは人生の宝物といえる。

ここに来るまでの道のりが暗く、苦しいばかりのものであったら、この本を書く意味などなく、多くの方に読んでもらいたいとは思わなかっただろう。つらい闘病記を書きたかったわけではなく、私の愚痴や泣き言を書きたかったわけでもない。ただただ同じように悩まれている方たちに「一緒に頑張ろうよ」という思いを伝えたい、私もここで頑張っているよというメッセージを伝えたかっただけだ。

パーキンソン病とはどんな病気か、を私なりの言葉で表すなら、『自分の意思とは関係なく動く（あるいは動かない）身体と共に暮らす』つまり日常を共に過ごす、一緒に暮らす片時も離れない家族のようなもの、または四六時中背中におぶさっているという感じであろうか。

毎日毎日につくづく疲れ果て、時々はなんとか暮らせそうにも思う。よその苦労を見聞きすると、まだいいほうかとも思う。そんなお気楽なものではないというお叱りは当然あるだろう。そういう方にも是非読んでいただきたい。あなたのパーキンソン病と私のパーキンソン病の違うところ、共通するところは何かを見つけてほしい。

私は今、不思議と明るい気持ちでいる。これからどんな事態になろうとも、たぶん乗り越えられる、きっと大丈夫。車椅子に乗るのも、寝たきりになるのも怖くはない、という覚悟のようなものは、いつどこから生まれたのだろう。だが不思議とそう思えてならないのだ。

もくじ

第一章
パーキンソン病との出会い

仕事と私

私は一九五四年、秋田の角館に生まれた。会社員の父と主婦の母、兄と弟の五人家族で十八歳まで過ごし、そのあと四年間仙台の大学に入る。二十三歳の時、就職のため東京に来た。

通っていた地元の高校は、裏が古城山という小高い山になっていた。授業に飽きるとこっそり（私のあとに付いてくる同級生の数で、こっそりとはいかない時もあったが）抜け出して山に登り、角館という盆地を見渡して、どうやったらこの小さい空間から抜け出せるだろうか、町を取り囲む山々を越えた先にある世界はどんなだろうか、とひたすら考えていた。

女が男を押しのけて大学に入る意味やら、社会への還元など当時の女子高校生は安穏と大学を目指したわけではない。幸い私は、兄のいる仙台なら、そして教師となれる教育学部ならと、両親の賛成を得て受験した。

大学には入った。問題はどうやって生活するか、にあった。母も職を得て働いていたが、家の困窮はわかり過ぎるくらいわかっていた。そして入学した時から、早く卒業して仕事に就きたい、お金を稼ぎたい、卒業さえできれば豊かな生活が待っていると考えていた。

二十歳の時、後に結婚して夫となる健一と出会い、両方の親たちに理解してもらい、二人で東京で職探しをする。そして、二十三歳の四月、晴れて同居と就職を果たす。

職を求める上で、私は男女同一賃金にこだわった。でなければ、長くは勤められないと思い、スイミングスクールを全国展開しようとしている会社に入った。しかし体育会系の先輩、後輩という距離感がまるでわからず、半年ももたず辞めた。

その後、友人が声をかけてくれた公務員のバイトをし、区の職員として児童館職員採用試験に受かった。児童館や学童クラブというものを学びながら、三十七年間勤めた。仕事は楽しくて、教育学部を出て教師にはならなかったけれど、学校以外での育ちの場を作っている手応えもあり、子どもたちの心の根っこの部分に寄り添う仕事と感じていた。

子どもたちに接するだけでなく、若いお母さんたちと地域の情報や子育ての悩みなど取材しておたよりを作ったり、キャンプやイベントの企画もおもしろくて、六十歳の定年退職後にも、このまま子どもたちと生きていきたいなあ、と思っていた。が、しかしその思いも、中学の教師をしている娘に、

「お母さん、自分の身も守れないのに、子どもの安全が守れるはずないじゃないの」

とばっさり言われてあえなく捨てる。

三人の子どもたちも家から離れた今は、一人で木のものづくりに励む夫との二人暮らしである。

パーキンソン病とわかるまで

私の場合、パーキンソン病はこんな風に始まった。

四十七、八歳の頃、私は仕事では年齢的にも経験上でも若手を引っ張る立場にいた。児童館では学校や町会、育成委員会などと連絡を取り、子どもを取り巻く地域の連携を図るという目標を達成するための仕事に忙しく、また充実した日々を過ごしていた。日常的には、午前中に通園前の幼児とその親を対象とした集いが入り、午後は併設の学童クラブの子たち、自由来館の小学生、夕方から中学生や高校生などで賑わっていた。

まだ寒い春先の午後、児童館の仕事ででかけた小学校の新入学の親向け説明会でのことだった。主催者側の学校職員からの説明に続き、「児童館ではこんなイベントや日常活動をしてますから、お子さんを遊びに来させてくださいね」とか「学童クラブに入るためには」などの説明を始めた時、（あれ？　地震かな）と思うくらい腕が揺れた。緊張であがっているんだなあ、私って人前で話すのがこんなに苦手だったんだ、などと頭の中はやたら冷静なのに、止めようと両手を組んでみたが、そのまま揺れて止まらなかった。顔見知りの母親たちの視線がこの腕に集中しているのを感じて、頭がかーっとなった。

震えはその時限りで、あとは何でもない。

しかし、何でもないところでよく転ぶようになった。自転車を漕いでもなかなか進まないこともあった。その時も区役所からの戻りで、普通に自転車を漕いでいたのだが、六十代、七十代らしき人が、私をすいすい追い越して行く。不思議な気分に襲われた。

また、ごま豆腐が私の得意料理だったが、鍋を火にかけながら大急ぎでかき回さなければいけないのに、手が追いつかずダマになり、団子の失敗作のようになった。

健康診断で医師に訴えたのは、よく転ぶことと足に力が入らない、足を引きずる、というようなことだった。では、MRIを、CTを、と検査はしても医師たちは、「なんでもないです」と言う。そして、四人目の医師が、

「こんなに調べてもわからないというのは、あと考えられるとしたら、パーキンソン病かなあ」

と言った。

(パーキンソン?)

急いで家に帰り調べてみた。震え?　固縮?

自分の身体の動きを見る。震えてはいない。手も足も固まった感じ？　全然しない。じゃ違うよね。でもそのままにしておいても、理由がはっきりしない。今時は、ＰＣ（パソコン）を開けばネットが何でも教えてくれる。夫が大病院をいくつか調べてくれた。萩山にある国立精神・神経医療研究センター病院（以後、国立センター病院と記す）は、通勤の途中で行けることが決定打となり、「まあ、パーキンソン病ではありませんね」と医師に言ってもらって、最悪のラインを消してもらおう、それから次の可能性を探ろう、などと勝手に今後のシナリオまで考えていた。

診断が即下る

ほどなくして、真実に吸い寄せられるようにして病院に行った。パーキンソン病ではないかと半信半疑になりながらも、きっと否定されるはず、と思いつつ、怖いもの見たさもあった。

この国立センター病院を選んだのは、ただ単に通勤途中にあり、神経内科の名医が多く、パーキンソン病に詳しい、と夫がリサーチしてくれたからで、今思うとそこで村田美穂先生に診てもらえたのは、かなりラッキーだった。

先生は、私が診察室に入る様子と、私の右腕が肘のところで少し曲がっているのを見て、何の検査もしないままストレートに、

「それは、パーキンソン病です」

と言った。心の中で秘かにパーキンソンかもと思ってはいたが、やはりショックは大きい。その言葉の出る一瞬前に戻れたらどんなにいいか、と切に思った。

私はもうろうとしつつ、何の検査もせず、どうしてわかるのかと訊ねた。同世代で同じ字の名前で、似た雰囲気の先生と患者の私。人生の分かれ道だなあ、とぼんやり思いながら。

「パーキンソンの方を百人診れば、ああパーキンソン病だなってわかる。でもね、百人の症状は百通りで、治療法も百通りあるのよ。でも、あなたの症状は、典型的で単純なというか、ややこしくないパーキンソンです。今は新薬の開発もどんどん進められているから、希望は持てますよ」

仕事は？　仕事は続けられますか？　私が一番に心配だったことはそれだった。

「大丈夫、私の患者さんの中には、十年以上お仕事続けて元気な方、たくさんいますから」

十年経っても？

「十年経ったら寝たきりになるなんて、そんなの大昔の話よ。今の生活を続けられます」

そして、村田先生は最後に、

「一緒に頑張りましょう」

と言ってくれたのだ。

パーキンソン病の場合、最初の診断がかなり難しく、診断時の医師の言葉（患者の精神面でのフォロー）は、患者にとって印象が深い。その言葉から病気と治療がスタートする。医師や病院への信頼だけではなく、医療全体への信頼にも関わるようだ。よその病院で診察を受けた友人は、そこの先生に、「症状への対応もあるが、精神面で自分を保つ、というか、不安や恐れなどを克服することが難しいけれど大事だよ」とアドバイスを受けたという。

今がそんなにつらいとか、痛いとかではない。だが、精神的に落ち込み、うつになる方も多いらしい。そういうことはあとから知ったが、村田先生の「大丈夫」という力強い言葉を胸に刻み、家に帰り夫に報告した。むしろ夫のほうが、しばらく落ち込んでしまったのかもしれない。

それから村田先生には十年余りお世話になり、薬を少しずつ増やしながら過ごしてきた。この時期を「ハネムーン期」と言うそうだ。足を引きずったり、動作がぎこちないとかの諸症状はあったが、それほど差し迫った状態にはならなかった。

ある日、名前を呼ばれて診察室に入ると、なんだか先生の表情がすごく暗く疲れているように見えた。

「先生のおかげで、毎日元気に仕事も家事もやれています！　本当に感謝しています」

と表情も努めて明るくして話しかけると、パソコンに向いていた顔をぱっと振り向けて、

「そう、よかった」

と、にこやかになった。

それから私も安心して、日々の不安や薬への疑問などを話しだした。診察は二ヶ月に一回だから、その間にあれこれと不便に思うことや、困ったことなどの相談をしたくなるのは、どの患者も同じなのだ。順番を待っている方たちも、この病気の特徴もあり、無表情かつ暗い。私も先生と顔を合わせた途端、機関銃のような勢いでまるで先生のせいで病気になったかのような言い方をしていたのかもしれないなあ、と反省した。

途中一度、村田先生に外科手術について聞いたことがある。先生が、

「あなたのように、オン、オフの差が激しい人には合うけど、誰でもが合うわけではない」

と答えてくれたのが頭の隅にあったが、頭に穴を開ける？　そんな、怖いなあ、くらいの認識でしかなかった。

それだけ薬が良く効いて安定した状態だった。

天の采配

元々じっとしていられない、せっかちな性格である。母親は、「少しゆっくりしてくれねべが。お前を見ていると何かしろと急かされているようで、落ち着かねな」

などと文句を言う。だが、自分でもわかっていても、止めようにも止まらない。そんな性質だった。

病気の診断を受けた時、もしかしてもう少しゆっくり生きよ、という天の采配か？ と思った。しかし、三人の子育てと自分の仕事、さらに夫も仕事で助っ人を必要としている毎日。ゆっくりしていては、とても回らない。

シャツを裏表に着ていき職場で笑われたり、駅のトイレで鏡を見て、まだら模様の化粧にびっくり、なんてこともざらにあった。

しかし、パーキンソン病になったのは五十歳前、子どもが成人してからでよかった、とゆっくりあとから思う。また、子どもでも夫でもなく、また母や義母、兄弟でもなく、近しい友人たちでもなく、私でよかった。ほかの人が、家族が苦しむ姿を見るより、まだ私でよかった、とも思った。厄介な病気だけど、食べたいものは何でも食べることができ、お酒も飲めるし、眠れないというほどの痛みも、今のところない。根が楽天家であり、自分のパワーには自信もある。私なら耐えられる。

そう言いつつ、しばらくの間、医学書を読んだり病気について調べたりということはしなかった。医学書には自分の行く末が書かれているようで、怖くて読めなかった。まったく弱い人間でもあるかも。同病の方たちと話すようになって、病気の年数は重ねてきたが、ほかの方に比べて何も知らないのに気がついた。勉強が足りないのは、確かだ。

もしも、この病気が違うものであったら、などと考えても仕方ないことではある。また、その意味を問うことも、まだ未解明の病気のこと、あれこれ原因を考えるのも無駄というものだ。

ただひとつ不満を言うなら、薬を飲んで身体が動き出すまで、私の身の回りにたまった日用品やらごみやら食器などを片付けることができない。しばらく眺めて過ごさなくてはならないのは、せっかちな私にとっては修行だ。かろうじて動く手でできること、それは薬が効き、身体が動き始めたらやるべきことをメモすること。

その時期、図書館でパーキンソン病に関する医学書以外の本を見つけたが、それは読後なんとも後味の悪いものだった。飲食店をしている御主人が書いたもので、奥さんがパーキンソン病になり、調子の良い時は店を手伝うと言って張り切ってあれこれ手を出す、だがそのまま任せているとすぐに調子が悪くなり動けなくなる。

「まったく困った病気で、店の役に立たないくせに、余計な仕事を増やしてくれる。最初から寝ててくれたほうがいいのに。それにしても、自分は店のほかに、妻のやったことの後始末や看護もしなくちゃいけない。よく頑張っているよなぁ、俺」というような内容で、まさに私そのものが著されていた。その奥さんにしたら、動ける時は、動けない時の穴埋めをしようと必死だったろうに。そして、これがこの病気の特徴なのに、迷惑としか受け取れないご主人の姿勢にがっかりした。

その本を読みながら、私は心の中でその奥さんに呼び掛ける。

「動ける時は動かなきゃ！　この病気は、寝ていては治らないのよ！」

私たち夫婦も自営で、似たような状況ではあると思うが、夫は少しずつこの病気を理解してくれていた。緩やかな進み具合も、周囲が受け入れるのに都合がよかったのかもしれない。

母に打ち明ける

五十七歳の頃、突然ＮＨＫのディレクターの女性から、私の話を聞きたいと連絡があり、我が家に来てもらった。ベニシアさんの番組を作っていると自己紹介のあと、今度『あさイチ』でベニシアさん特集を企画しているのだが、それに出てくれないかというお話だった。

ベニシアさんとどうして関わりがあるかというと、我が家に来た友人が居間にあったベニシアさんの本を見て、「あら、京都に住んでいる私の妹がベニシアさんと友達だから、サインでももらってあげるね」というような流れから始まった。

ちなみに、私の憧れている方の三傑は佐藤初女《はつめ》さん、ターシャ・テューダーさんと、ベニシアさんである。初女さんの、悩める人の心を癒すおにぎりや料理に憧れ、それは我が家でのおもてなしにつながっているし、ターシャさんの洋服やろうそく、人形、ドールハウスなどの手作り精神は、児童館の仕事や子育て中にも役に立った。ベニシアさんの畑やハーブあふれる庭は、ここ青梅に越してからの田舎暮らしの中で、理想とする形だ。

すぐにサインが入った本をベニシアさんが贈ってくれ、私は礼状を書いた。それがベニシアさんとその周囲の方たちの目に、私がパーキンソン病にも負けず健気に生きていると映ったのだろう。私を含めて全国から三人の候補が挙がっていて、そのうちの二人を放映したいとのことであった。

しかし『あさイチ』に出るとなると、秋田に住む母に病気のことが知られてしまう。たとえ母が観ていなくても狭い町のこと、早晩ばれるに決まっている。

病気のことを、まだ母には話せずにいた。帰省の時も「腰が痛い」とか、「この間、転んで」とか、何とかごまかせたし、それほど決定的な症状は出ていなかったので、まだばれないと思っていた。もっともさすが母親、どうして足を引きずるのかとか、歩き方が変だなどの指摘はされてはいた。

そんなこんなの話をしながら、ディレクターのYさんが、

「私も違う病気ですけど、自分の病気のこと、親に話せていないんです」

と言いだした。

「親にとって心配のない子として育ち、そう今も信じている親には言えないですねえ」

「心配かけることが、期待を裏切ってしまう気がする?」

「いや、自分一人で引き受けたほうが、気が楽というか……。親にも病気を担わせることになるのは酷かなあ」

などと二人で話す。

結局、あとの二人の方を撮影した画面を、後にテレビで観たのだが、後日ベニシアさんとは、ドキュメンタリー映画の公開初日に招待を受け、お会いすることができた。その映画の中で、なんとベニシアさんは信頼する夫に裏切られる場面もあり、皮膚が一枚めくれて血が流れ出しそうな生身の存在を感じた。あまりに悲しくて帰り際に握手するのが精いっぱいだった。

そして、そのことがきっかけとなり、それからほどなく帰省した折、意を決して母に病気のことを話した。嘘をつくのが苦痛で帰省できないのもつらかったからだ。

その当時、母は父亡きあと二十五年余り、秋田の角館で気丈に一人暮らしを続けていた。もうすぐ九十歳になろうか、母の身体がやけに小さく見えた。

私の話を、あまり感情的にもならず聞いてくれたあと、

「今まで黙ってて、つらかったんでね？　悪がったなぁ、気づいてやれねくって。言ってければよかったのに」

と言う。どこかおかしい、と疑念を抱きながら、母はまさか難病と言われる病気に娘が罹るとは思いもしなかったろう。ごめんね、と心の中で詫びる。

母は、自称も他称も「健康オタク」である。新聞記事に病気とその予防のことが載っていて、それが自分の考えや習慣と合致した時、無理なくできることであれば、取り入れた

り、やめたり、身近な私たちにも伝えてくる。また、夫に頼んで通販で本を買うのが手軽で便利、そして速いと知ってからは、新聞の広告を切り抜き、この本を買ってくれと手紙に挟んで送ってよこす。健康でいたければ○○を食べてはいけないとか、これを食べれば○○の調子は良くなる、などの本をリクエストしてくる。このごろは、話題の『万引き家族』『すぐ死ぬんだから』など、小説にもジャンルを広げている。だから、パーキンソン病のことも、それほど深刻にならず、聞いたことがあるよ、と受け止めてくれた。

そして今、母の探究心は、パーキンソン病に向かっている。テレビに出ていた村田先生のこと、手術のことなど、母との会話も以前より弾むようになった。先日も、新聞にパーキンソン病のことが連載されていたと切り抜いて、まとめて送ってくれた。また角館町にも同病の方がいるらしく、

「神経内科なんかないもの、内科や整形外科で診てもらうしかないものなあ」

と同情を寄せてもいる。小さな町の中で九十四年間生きてきた母の情報網にも、パーキンソン病の言葉は、最近よくひっかかるようだ。

「角館にも増えているらしいなあ。でもやっぱり東京でねば、そんな医療は受けられね」

と地方の医療を嘆き、概ね今の、私の病気に対する姿勢は支持してくれている。

卓球

私は卓球が好きだ。ラケットで球を打つ音が聞こえるだけでも幸せな気分になる。

パーキンソン病の治療において、薬物と運動が治療の両輪とも言われている。身体が硬くならないうちに運動をして、偏った姿勢が癖にならないようにする。なるべく早いうちから始めるのがいいらしい。

だが運動をするという課題に対して、仕事と家事優先の今の私の状況では、時間を作るのが難しい。しかも家で一人、ただ走ったり、ストレッチをしたりするのは好きではないし、長続きしないのは目に見えている。勝ったり負けたりするゲーム性があるほうが楽しい。そんな自分の性格と合わせて、卓球をしたいと思った。

なぜ卓球なのかというと、中学校での部活が卓球だったことと、児童館でも卓球をした経験があったからだ。児童館に遊びに来る中学生、高校生ができるスポーツというと卓球くらいしかないし、かつてはどこの児童館にも卓球台が一、二台はあった。生意気盛りの中高生も、ちょっと相手をすると、

「お、このおばはん、つえー」

などといい気分にさせてくれる。一人で遊びに来る子も、

「卓球の相手してください」

と言ってくる。

「今忙しいから、この仕事手伝ってくれたら、時間ができるかも」

「おーっけー」

などと、やりやすいこと半端ない。パーキンソン病になってから、ドッジボールのボールが投げられず、小学一年生にもバカにされるほど体力のない私であるが、この時ばかりは病気のことは忘れられた。

診断ののち、知人に誘われてある先生のところへ卓球を習いに行った。その先生は、自宅の地下に卓球台を置き、個人レッスンをしてくれていた。グループレッスンもあったが、ハイ次、ハイ次、という流れには、とてもついていけそうもない。月に二回、先生宅でレッスンを受け、加えて別の日に月に二回、先生の主宰する試合にも出させてもらった。

先生の指示どおりにはなかなか打てず、うまくはなれなかったが、私のことを「試合巧者」と言って、かわいがってくれた。先生のお宅に伺っても身体が動かず、ただ一歩が出れば、何とか走り続けることができたので、二台ある卓球台の周りをぐるぐる走って、

「すみません、もう少ししたら薬が効くと思うので」

と言う私に、

「薬が効くというのは幸せだね。世の中には薬にも見放されて、苦しい思いを一生抱えてる人もいるよ。私みたいに。夏でもホッカイロを張らないと身体がもたないのよ」

とご自分の経験を話してくれた。

試合の時もなかなか薬が効いてくれず、交代でする審判もできない時は、さすがに同チームの方に、「帰れば」と言われた。だが、そのあと薬が効きだして、その人に勝てた時は心の中でガッツポーズをする。

試合は、七～八人で一グループを作りリーグ戦を行い、その中で一位になると、次回は一つ上のランクのグループに入る。若いママさんたちはＰＴＡの集団に属し、夜間に学校で練習していて、もう少し年配の方たちは、各駅近くにある卓球場で腕を磨いているとのことだった。

しかし、先生に教えてもらっている方たちは、先生曰く、

「元気があって、健康な人に卓球を教えるところはほかにたくさんあるでしょ。私の生徒は、いろんな病気や障がいを抱えた人たちなのよ。みんなそれでも卓球が好きなのよね」

とのこと。たとえば、九十歳のアキコさんは、母と同世代であまり動けないのは当然だが、速くてコースのいいサーブが武器でなかなかに強い。「ナイス！」とか「うまいじゃない」などと人を褒めて応援してくれる明るい人だ。勝負にこだわる中高年の方々に交

じって、肩身狭く隅で小さくなっていた私を盛り立ててもくれた。

また、足に障がいのあるモリさんも、あまり動けないのを特殊ラバーを貼ったラケットでカバーし、腕自慢のおばさまたちをきりきり舞いさせていた。ただ、飛んでしまった球を取りに行くのが難儀そうで時間がかかるし、屈んで拾うのもやりにくそうだ。自然と負けているほうが球を捜したり、モリさんの分を拾ってあげたりする。中には、自分が勝てないのが悔しくてそのことをとやかく言う人もいたが、私には痛快に思われた。

第二章

病気と仕事と

定年後の仕事が決まる

六十歳の定年間際、検査入院を二週間行った。

診断されてから十年が経ち、一気に症状が悪化し足が動きづらい、という場面がたびたび出てきた（それでもトイレには行けた）。そりの合わない上司に、泣き言は言いたくないし、サボっているように見られるのも嫌で、子どもたちの真ん中に座り、「今日はボードゲームをしよう」と、子どもたちを誘って、ブロックスや将棋、トランプで遊んだりした。普段は忙しくてこのような遊びの相手をする余裕などはなかったが、何とか病気を隠したい一心で盛り上げる。

役所の制度として、ほかの職場に職種変更の希望も出せるが、自分自身今まで考えもしなかった展開に、今後どうするか皆目見当もつかない。

私は「私の天職は、児童館職を全うすること」と他人にも公表してきたが、病気の進行により、子ども相手は無理だろうと思わざるを得ないオフの時が何度もあり、通勤時間も考えれば、一日六時間の勤務で働ける所を希望した（薬が効いている「オン」と効かない状態の「オフ」については、この中に出てくる事例を読んでもらえば、わかっていただけると思う）。むろん職員課にかけあって、仕事先を探してもらっていた。身体が動かないのに「動かない」「動けない」と言えず、目立たないように隅に隠れるように座っていた時間はつらかった。

やはりそこは、子どもの施設であり、身体の動かない職員に子どもを託すということには無理がある。これまで十年近く何とかやれていたが、この動かなさでは早晩苦情もくるのではないかと恐れていた。

退職後の私の勤務先は、検査入院中に知らされた。二月のことだった。病室から出て階段の踊り場で人事係長からの電話を取った。

「病気の方になんなんですが、一日六時間勤務を希望されると、公園しかないんですよ。雨の日、雪の日ありますが、大丈夫ですか？」

踊り場の大きく切り取られた窓から、みぞれが降る寒々とした風景が見える。一瞬、（公園？）と戸惑うが、

「働けるなら、どこでも喜んで働きます。よろしくお願いします」

と、今まで思ったこともない言葉が勝手に出てきた。

不思議だった。「働けるうちは人間働かなくちゃ」というほどポリシーがあるわけでもなく、ただ行くところがないのはダメ、まだダメ、と何かが叫んでいた。病気への対策と

しても経済的にも、とりあえず仕事は必要だった。

六爺と私

公園に配属になった初日に、全員が揃うのは一年のうち今日だけと聞いて、私は自己紹介に続けて身体のこと、元気な時には頑張って働くが、動かない時は勘弁してほしいことなどを話した。

「一人で巡回中に動けなくなったら、どうやって助けるんだ？　携帯を持ち歩いて、もしもの時は電話しろよ」との言葉も、「定年まですごく働いたんだから、ゆっくりしてもいいんだよ」という言葉も、皆温かかった。職員の方たちは、それぞれの気遣い方で接してくれて、ありがたい。

その頃、公園勤務を希望する人は多かったが、私には児童館の仕事への未練があり、そのような人の気持ちはわからないと思っていた。四月、実際に雑草取りをしながら、（あれ？　私今どこで何やってんだろう？）と不思議に思うこともたびたびあった。

ある日、児童館で知っている子どもたちが、公園に遊びにやってきた。ベージュの作業

服を着て、リヤカーを引いている私を見つけて、

「あ！　のざちゃん！」

と寄ってきて、

「その仕事、楽しい？」

などと聞いてくる。

それが、今は誇らしく「うん、楽しいよ！」と心から言えるようになった。申しわけないが、児童館のことは遠い別の世界になりつつある。

公園の職員は、定年後の再任用で五年働き、元気があればパート職員として働けるという制度がある。私のほかは、皆さん年上の男性六人、ひそかに爺と呼ぶ。そして私、のん婆（児童館の企画で付いたキャラクターで、こう呼ばれていた）。

長く子どもたちと、そのママたちの世界で過ごしてきたので、いきなり私以外が皆男性という環境でうまく付き合えるか一抹の不安もあったが、すぐにそれは取り越し苦労とわかった。

山爺は、よく働く。

「去年までは気になっていたところも、所長時代は事務仕事優先でできなかったから、今やってるだけだよ」

と言い、雨の中もカッパを着て外へ行く。私もあとを追う。夫は私の話を聞いて、

「山爺と張り合って働くと、あとがきついぞ」

と警告してくれるが、事務室にいても何の事務仕事もない身としては、身体を動かすしかない。米爺も綺麗好きで、こまめに身体を動かして事務室はもちろん、ロビーや更衣室などを一緒に掃除をする。

しかし、花や木々の好きな私にとって公園の仕事は、本当に楽しく充実した毎日だった。公園内は広々として、夕日の輝く景色も、青空を背に桜が舞う景色も本当に美しい。ここは天国かなあ、などと思った。

雨の日は、ロビーにたむろする常連も少ないので、雑談で時間を過ごすこともある。爺たちみんな、一回り巡回したあとは自席にいるので、ほっとする。黙って皆さんの話を合いの手を入れながら聞く。するとすかさず米爺が、お茶を入れてくれる。私以外が総括係長だったという経歴をあとから聞いて、なんと横柄な言葉遣いと態度で接していたのだろうかと反省するが、

「退職したら関係ないよ。現役中の役職にこだわるのはおかしいでしょ」

と正論である。話されること一つ一つがおもしろく、新鮮で、児童館の仕事だけしてきた私には世界が広がる思いだった。

折しも四月、五月の花盛りの時。隣に座る村爺がつぶやく。

「木や花の名前を聞かれて、すらすらと答えられたらかっこいいよね」

私も同感だ。公園職員になりたてほやほやの私でもそう思う。草の名前を聞かれて、「知りません」と答えるわけにもいかず、「調べておきますね」と、通りすがりの紳士に愛想よく言ったら、「二、三日中に来ますから、お願いしますね」と返されて、慌てる。あとから、キランソウ*とわかった。花が咲くと、あ～あれね、とわかるが、草が生えているだけではさっぱりわからない。せっかく調べたが、一ヶ月経っても紳士は訪れず、せっかくなので館内の掲示板に大きく書いて貼った。児童館で慣れた仕事である。たまたま現場視察に来た課長が、それを見て「良いね」と言ってくれて、季節折々に書き替えた。

村爺は、「おれはバカだから」とか「子どもの時から出来が悪くて」などと言う割に、机の上に木の図鑑を積んで、よく調べている。聞けば一緒に調べてくれる心強い人だ。「樹名板を作り直しましょうよ」という私の提案にも、「やりましょう」と後押ししてくれた。

次の雨の日、皆さんに意見を聞く。

「間違ったものを付けるくらいなら、やめたほうがいいよ。木の名前は難しいよ」

と経験豊富な山爺は、それでも断ち切るような言い方ではない。

「今ある樹名板を作り直すところからやっていけばいいんじゃない？」

と忠爺も言い添えてくれる。

「木の名前にこだわるのは、得てしてよく知っている人なんだよな」

「そうそう、自分の知っているのとちょっと違うとか」

などなど、皆さんから意見を聞き、「では、小学生を対象としたレベルで、今あるものを作り直す」ということで決まった。これで雨の日もやることができた、というのが本音ではある。図鑑で調べるのも趣味ではなく、仕事になるのはありがたい。

しかし、初っ端から「ニシキウツギ」か「ハコネウツギ」かがわからない。カシやシラカシ、マテバシイ等の区別も難しい。カエデ、モミジの区別も素人の私には、ちんぷんかんぷんである。公園のシンボルツリーのプラタナスも、落ちた葉っぱの形が違う。図鑑を見ると、なんと三種もある。

しかし、どの木も一年のどこかの季節には、存在を主張する。金木犀やトベラなど香りがしてその存在に気づくこともあるし、サンゴジュのようにその季節になるとサンゴ色の実を成らせて、「私を見て！」というオーラを出す時があり、何の知識も資格もない私にもそういうオーラをキャッチすることができるというのは、新たな感動だった。

六爺に聞いてもわからない時は、役所に樹木医という資格を持った人もいて、相談に乗ってくれた。

今まであまり公園業務と思われていなかったすきまの仕事を見つけて、児童館で働いていた時のように楽しんでいる私を横目で見ながら、六爺たちも時には手伝ってくれたり、アドバイスしてくれたりした。

夏頃から少しずつ樹名板を掛け始めたが、結局完成できず。

＊キランソウ：別名「ジゴクノカマノフタ」という。薬効があるので（虫さされ、解熱など）地獄へ行く道を閉ざすという意味。「コウボウソウ」とも言われるのは、弘法大師が薬効を広めたため。

ド・オフがきた！

月に何度か早出があり、そういう日はいつもより二時間ほど早く出勤する。しかし、その分早く帰れる楽しみもある。その日は昼までは、調子良く働けた。しかし、昼食後、何だかおかしい。次第に薬が切れていく感覚があった。しかし、今日は早出だからイレギュラーという思いが先に立つ。

そして二時過ぎ、あれよあれよという間に動きが止まり、慌てて着替えるが更衣室から出られない。這うようにして何とか廊下に出るが、そこから一歩も踏み出せない。パーキンソンの主たる症状「すくみ足」だ。久爺が廊下に出てきて私を発見し、「どう手助けすればいいいの?」と戸惑いつつ聞いてくれたが、返事のしようもない。私も仕事場でこんなに動かなくなったのは初めてのこと。職場の男性に抱きかかえてもらうなんて、恥ずかしくてとても頼めない。椅子を廊下に持ってきてもらい、とりあえず座った。

追加で夕方の分の薬も飲んだが、効かない。久爺に手を借りて事務室に行き、薬が効くのを待つが、一時間しても効かないので一歩を助けてもらい、そのまま止まらないようにして駅へ向かう。ちょうど来た電車にそのまま乗り込む。とにかく足を止めたらやばいと、不安が募る。

座席に座り、ホッとして何が原因だろうかと冷静に考えた。そして、いつも夜に貼る二十四時間効く薬(ドパミンアゴニスト)を貼り忘れたことに気がつく。慌ててリュックに常備した薬を腕に貼るが、乗り換えの所沢で立ち上がろうとしても立ち上がれない。しょうがないかと私は諦めて、終点の本川越まで行き、折り返して、今度こそと所沢で降りようと試みるが、立ち上がれずそのまま通過。冷や汗が流れる。私の動きが不審だと思ったらしく、隣に座った東南アジア系の男の子が、「ダイジョウブ?」と何度も声を掛けてくれるが、「心配ないよ、薬が効くのを待って降りるから」と答える。沼袋で降りる彼に、「ありがとう」と手を振るも、手も足も自分のものとは思えない。西武新宿で折り返して、また電車は本川越行きになる。段々焦ってきた。このまま終電まで行ったり来たりするのか、などと不吉なことを考えたりする。

次、所沢で降りられそうもなかったら、駅員さんを呼ぼうと覚悟した。しかし、勝手知る上石神井駅で、トイレに行かねばの思いで何とか立ち上がり、ようよう降りた。

その後は、車内のドアの横にあるバーにへばりついて、飯能駅で待機していた夫に迎えられる。車までは西武線の駅員さんの押す車椅子で、連れて行ってもらった。キミコさんから手紙が来てるよ、との夫の言葉に涙がこぼれ、優しい文面にさらに涙があふれる。やっと帰りつけた安堵に浸る。久爺と夫に心配をかけてしまい、申しわけない。

四十年ぶりの履歴書

楽しく充実した日々を過ごしていた秋頃、この公園を今年度限りで民間委託するという、私にとって寝耳に水の話を、組合の合意を伝えるチラシで知った。公園に長年携わってきた方たちにとっては、もう決定かあ、意外に早いなという感想のようだった。委託案に対して、山爺が言う。

「委託って言ったって、どこも今、俺たちのやっている仕事がそのままやれる見通しはないなあ。一番いいのはA産業と俺たちが手を組んで委託を引き受けることだろうな」

ひえー、驚いたのなんの。(それってあり？　公務員を辞めるってこと？　なにかドラマのような展開）私たち七人が横に並んでかっこよく歩く姿が頭に浮かんだ。『荒野の七人』か『七人の侍』かはわからないが、テーマソングも流れる。

もっとも、山爺は三月で再任用も終了し、そのままパートとしているからかまわないのか。ほかのメンバーも似たり寄ったりだ。一番若いのは私だが、病気の進み具合では、今年限りかなという状況ではあった。すかさず私は、

「その話ぜひ、私も加えてください。やりましょうよ」

と叫んでいた。来年四月から、たとえ希望する図書館に行けたところで、書架の間をくるくる回っているうちに足がすくんで動けなくなるだろうし、今も六時間勤務でやっと通勤できているのに、制度上また八時間に戻らねばならない。そんなところで今のように自分のペースで働けるとは思えない。今より仕事はきつくなるかもしれないけど、六爺と一緒なら恐くはない。おもしろい展開ではあり、そんな発想が浮かぶというだけでも、山爺はすごい！　何より、ずーっとここで働けたらどんなにいいだろうか、と夢想してしまう。

三月の結果は、結局、残りたいと手を挙げたのは米爺、山爺と、私の三人。しかし請負先のA産業は二人しか雇えないと言う。あとは新聞広告やハローワークの募集に何百人と

応募があり、その中からも採用するとのことで、あえなく私はほかの公園を探すことになった。忠爺が三人まとめて雇ってくださいよと言い添えてくれたが、残念。公園業務って、人気職種だったのね、と認識を改める。

公務員になって以来、私は四十年ぶりにドキドキしながら履歴書を書いたのだが、結局提出できず。履歴書には、病気のことをどう書くべきか、書かずに済ますべきか悩んだが、もう隠しきれないのは明らかだった。そもそも履歴書には書き難い症状だ。オン時に百メートル歩けるからと障がい者の認定はされないし、さりとてオフ時のストップ状態はあらかじめ申告しないと仕事には支障もきたす。

「パーキンソン病ですが、オフの時以外は人一倍働きます」と書いたのを、事務所のシュレッダーにかけた。

三月末の森の公園は春うらら。ヒメオドリコソウ、ホトケノザが春を告げ、桜も芽吹き、事務所前から眺める夕日はなんとも美しくて、つい涙がにじんでしまった。

温厚でありながら、言うべき時、言うべきところでは、相手は誰であれ言う。問題の本質をちゃんととらえて、解決策を考える。また仲間の個性や努力をしっかり評価する。そんな六爺に友情と信頼を感じ、公園の仕事にスムースに入れたことに感謝している。

次なる放浪先は

次の仕事先の街の公園には、通勤に二時間、一日四時間も費やさなければ通えない。しかも自転車も使う。森の公園は広々と気持ちの良い公園だったが、ここ街の公園は、所狭しと木々が背高く伸びて、植え込みには子どもたちや犬を連れた人が草や枝を踏みつけ、駆け回る。何だか密度が濃い感じがする。飲食店街も近く来園者も違う雰囲気に思えて、勝手が違った。

すぐにお花見シーズンに突入し、まず朝から場所取りの青シートが並ぶ。

「（人工の川の）流れのそばで、火を使っているから注意してきて」と言われて見に行くと、モヒカン頭のお兄さんたちがガスコンロを使って温かそうな鍋をかけている。

「寒いですね。気持ちはわかるんですが、ごめんなさい。ここは火気厳禁なんで」とこわごわ注意する。「はいはい」とおネエさんがにこやかに返事をし、火を消す。やれやれと私が後ろを向いた途端、またかちゃりと火をつける音。振り向くと、腕いっぱいに入れ墨をした男性が、にやりと笑って火を消す。こんなことを繰り返しても仕方ないと思い、事務所に引き返し報告した。

　また別の場所で、「トイレットペーパーないよ！　補充して！」と言う人あり、飲み過ぎてひっくり返る若い女性あり、と公園内は大賑わい。ビールの缶やら食べたあとの容器やら……。まったく所変われば、だ。

　繁華街が近いせいか、おしゃれで自由な感じの若者が多い。ギターをかき鳴らし大声で歌う子もあり、けんかをしているかのような掛け合いをしている、漫才師の卵らしき二人組あり、アフリカの太鼓の演奏する人あり。

　アオキの手入れをしていると、何やら男の子二人が揉めているのが見えた。けんかだったらどうしよう、と今日の職員体制を思い出しながら見ていると、何やら様子がおかしい。ときどき抱き合ったり、顔をつけて懇願するような仕草。あれあれ？　二人の痴話げんかを垣根の手入れをしているふりをして見ている私。家政婦は見た、ならぬ、公園職員は見た、に苦笑する。

　近所の方たちは親切に声を掛けてくれた。散歩中に私の顔を見ると、ご自分のかばんの中をごそごそ探る。そして飴やヤクルトなどを見つけて、私に渡すと、

「あんた働き過ぎだよ、少し休みなさいよ」

「あんた、生まれはどこ？　よくがんばるねえ」

などと労ってくれる。公園の近くに住む一人暮らしの方も、近くの銭湯へ行く途中だっ

たり、仕事への行き帰りだったり、ちょっとだけ声を掛け合う。

「あら、今日のヘアスタイルきまってますね」と私。

「わかった？　昨日美容院に行ったのよ。うふふ。暑くなりそうだから、あんたも無理しちゃだめだよ。じゃ、行ってくるね」

そんな方たちがたくさんいて、声を掛けてくれたから、毎日が楽しく過ぎた。

通勤時の困難のあれこれ

このところ、昼の薬の飲み方を工夫したせいか、午後一の動きが止まらず滑らかで助かる。その分夕方五時頃から効かなくなって、帰り際に立ち往生してしまう。夕方五時に飲む薬を四時半にして貼り薬もするが、不安と先入観から足が萎えてくる。施錠やセコムのセットなどはほかの方に任せて、一足先に出させてもらう。何とか自分を励まして、帰路につく。

その日は、所沢で乗り換えるために、西武新宿線から降りようとドアの端で待っていた。開いたらすぐ、そーれと一歩を踏み出そうとするが、すくんで遅れる。すると乗り込むた

めに並んでいた一番前の男が、

「ふざけてんじゃねえ、さっさと降りろ！」

と怒鳴ってくる。何歩か離れてから振り返ると、その男も私のほうを見ていた。

「そっちこそふざけんじゃねえ、できないから困ってるんだ。ばかやろう」

と村爺みたいに叫んでやったら（本人から聞くだけで、実際に見たことも聞いたこともないが）、気持ちいいだろうに。私の強固な性善説が揺らぎそうになるが、いやいや彼も何かイラつくことがあったんだろう、と許すことにする。しかし、ボディブローのようにじわじわ効いてきて、小さなトラウマになる。翌日は別の階段から降りて、車両を変えた。

しかし、何日かあとにふっと思い出す。あの男はなぜ電車に乗り込まず、私のことを見ていたのだろうか。私の様子を見て、ふざけていたわけではないと察してくれたのだろうか。確かに一見ふざけているようにも見えるのかもしれない。だが私はこれでも、乗り換えるまでドアの横の手すりにつかまって、足を揺らしたり、足踏みしたり、とすぐ動けるように準備をしてはいるのだ。しかし、そのとおりにできたら病気とは言わないだろう。

親切心いっぱいの女性たちにもたびたび迷惑を掛けている。おぼつかない足取りを見て、親切な中年女性が「手を貸しましょうか」と大きな声で言う。すると、わらわらと女の人たちが集まって助っ人の輪ができる。

「私がバッグ持ちます！」

「私が車椅子を頼んできます！」

と皆さん手早い。そこをおずおずと私が、

「いいえ、足を貸していただけるだけでいいんです。足を跨いで一歩が出れば歩けますから」

と言う。そうして一歩を跨いでその勢いで歩き出すと止まれないので、顔だけ振り向けて、

「大丈夫です、ありがとうございました！」

と叫ぶ。皆さん、唖然として見送っている。まったく、そうそう人騒がせもできないだろうなあ。

足を貸して、というのは、相手の人が片足を私の前に横から出してくれれば、その足を跨ぎやすいのだ。簡単なのに、それを朝夕の混雑時に説明するのは難しい。これは私の工夫ではなく、医学書にも出ていて、医師たちも患者がすくんで立ち止まっている時、ひょいっと足を出してくれる。もし、鉄道関係者の研修に招かれたら、足の出しかたを解説するのになあ、と思う。

また、いったん座って立てなくなるのも、怖い。途中で止まる回送電車に乗っていた時に、

「お客さん、回送ですよ。降りてください」

と駅員さんが言いに来たことがあった。その時に、

「すみません、立てないんです」

という決まり悪さ。でも駅員さんは押し並べて親切だ。

「焦らず、ゆっくりでいいですよ」

と車庫に入れる予定を遅らせてくれた。

終業後、事務室外の階段に座り込み、一歩も動けなくて困った時もある。犬の散歩の方やベンチに座っている人たちが不審そうに見るので、私は携帯をいじっているふりをして凌ぐ。

どうしよう……、夫に青梅から迎えに来てもらう？　高速使っても最低二時間はかかるのに？　タクシー？（乗り込める？　無理）それとも救急車？　救急車の隊員にどう言う？　青梅まで送ってくれって？　どれも現実的でないなあ。

一時間ほど経って飲んだ薬がやっと効いたか、一歩が出てほうほうの体で歩き出す。自転車は放置して、四十分を歩いて駅へ向かう。さて明日の朝は、何で来ようか。

時折、人間はどうして二足歩行をするんだろう？　と考えたりもする。どうしても足で立って歩けない時、板の間だとクッションにお尻をのっけて後ろ向きにずる。ちょうどそりのようにして、手で漕いで動いた。それも自分で考えて、やってみたらうまくいったというだけで、医学書に書いてあるわけではない。

すくみ足は、暗く狭い場所に入ろうとすると起こる。トイレも明るく気持ちよく入れるように夫が工夫してくれた。また床にテープを張って、それを跨ぐようにするのが良いとほとんどの医学書には書かれているが、私の場合はあんまり効果がなく、むしろスリッパを前にずらしながら、それを跨ぐほうが効き目があった。

またこんな工夫もした。杖の先に、プラスチックの板を張り付けて、それを跨いで歩くとか、ビニール袋をふくらませて、足で蹴飛ばしながら歩くとか。もっともこの方法は、入院中に「ゴミを蹴飛ばしてはダメ」と、看護師さんに捨てられてしまった。

毎日毎日どうやって足を出すかを考えるのに、全精神、全時間、全エネルギーを注いだ。今振り返って思うとようやるよ、としか言えない。無駄と言ってはあの時の自分がかわいそうだが、しかし、無駄と言うしかない。

自転車

前の勤務先の委託により違う公園に異動、西武線の駅から自転車で通うことになってから、怖い場面に遭うことが何回もあった。バスを乗り換えていく方法もなくはないが、動けなくなったらバスから降りるのも大変で時間がかかり迷惑だろうと思うし、ほかの乗客にじろじろ見られるのも嫌だ。

　自転車ではフェンスにぶつかり、手の指を痛めて、その次は腰をぶつけて、外科に通うが、外科医はあちこちにできたあざを見て、「次は、警察に言わなきゃなぁ」と冗談でもなさそうな口ぶりで言う。ＤＶ（家庭内暴力）を疑われたようだった。

　駅の自転車置き場に自転車を置くのも、スタンドを立てるのに苦労した。手と足に力が入らず、持ち上げられないのだ。かなり時間がかかってしまう。いつも挨拶するそこの管理人さんにも、不審な顔をされた。いつものように「いや、実は病気で」と気楽に言うことはできない。きっと、「そんな状態で自転車に乗るの、やめたほうがいいよ。危ないし、ほかの人にも迷惑だよ」と言われるに決まっている。そう言われたら、もう交通手段がない。朝夕四十分も歩かなければ、仕事にも来られない。

「そんな遠くに通わなくても」と言ってくれる人もいる。「近くで探したら、勤め口ないの？」と。そうねえ、病気でも雇ってあげますよってところがあればねえ。私もそのほうがいいんだけど。

　以前、リウマチを患う先輩が、

「毎朝タクシーを使ってでも仕事を辞めちゃだめ、仕事を続けなさい」

とアドバイスしてくれたのを思い出す。彼女は、かなり苦労して仕事していたが、結局定年までもたず、とうとう辞めてしまった。しかしリウマチは、治らないまでも軽くなることはあるようで、彼女の「辞めなきゃよかった」という後悔の言葉をあとで聞いた。

そう、ここが私の正念場だ。しかし、タクシーの乗り降りも実は厳しい状況。

次に問題なのが睡眠

ベッドに横たわるのも簡単ではない。膝で這っていくが、ベッドに上がれないのだ。夫を呼び、身体を引き上げてもらい、横にしてもらうが、棺桶に寝ているような状態で、寝返りも打てず、身体を真っすぐにしたままだから、腰の痛みで長くは眠れない。三時頃から目覚めてしまい、長い朝を迎える。寝返りについては、いろいろ手は尽くした。ベッドのシーツをピンと張ることと、その上にスカートの裏地に使うつるつるの布地を背中から腰にかけてピンで留めて滑りやすくした。また抱き枕を購入もした。

さて、朝ごはんのあと薬を飲み、効くのを待つ。とにかく薬が今日は効くか、効かないかが大問題だった。出勤間際まで効かないと、今日は仕事休もうかなと思う。しかし、家で寝ても熟睡できないが、電車に乗ってしまえば電車の揺れで熟睡できるのがわかっており、夫に車で駅に送ってもらい、取りあえず何とか一歩を踏み出して電車に乗り込む。飯能から所沢まで二十五分、熟睡すると薬も効きだして、元気が出てくる。一瞬だけでも熟睡するとかなり回復できた。

良き睡眠が、病気にも良い効果をもたらす、とわかっていても寝られないものはどうにもならない。一日四時間の睡眠で私は大丈夫、ナポレオン並み、と暗示をかけるしかない。

第三章
手術（脳深部刺激療法）を受ける

手術を決意

薬の量が限界に近い。その時の薬の量は、一日七回飲む。要するに二時間半しか持たないので頻繁に飲むということである。

これでも足りず、村田先生が病院長になった後に、私の主治医になった斎藤先生には、「あとはニュープロ（貼り薬）小さいの一枚増やすしかないぞ。それが限界だなあ」と言われていた。

お腹いっぱい食べると薬が効かないので、午後は仕事にならないし、空腹に薬を入れるとあっという間に効きすぎて効果がすぐに消える。なので、お弁当を二口、三口食べて薬を飲む。話に夢中でうっかり全部食べてしまい、はやりのアニメ風に顔に影を落としたくなる時もある。肉の多い食事と乳製品は一緒に飲むと薬が効きにくいとか、ビタミンCがいい、あるいはレモン飲料と飲むといいなどと言われる。私は全部信じて実践しているが、実はどれが効くか効かないかは分からない。それぞれが信じるやり方で、これも信じる者は救われるのだろう。私は私の経験から、このやり方がいいようだと手探りでやっていくしかない。

しかし仕事に出ている時は、どうしても過去の経験を思い出し、不安につきまとわれる。帰れるだろうか、薬が効くだろうかと。夕方からまた電車に乗ったりするのに、身体がふらふらして仕方ない。だから、薬も前倒しして飲む。夜飲む分は、家に帰りつければ飲まなくても我慢はできる。

しかし、一度あまりに薬が効かずパニックに陥り、斎藤先生に電話した。先生曰く、

「パニクッている時は、薬も効かないんだよね」

と私のこの切迫した状況とはかけ離れた、のんびり、ゆったりした口調で返され、拍子抜けしてしまう。それ以来、薬が効かないかもと不安になりそうな時には、自分で自分に、

「落ち着いて、深呼吸しよう。薬が十割効かなくても慌てない。二割効けば大丈夫。帰ることはできる」

と言い聞かせる。

今後について先生から提案されたのは、脳深部刺激療法（ＤＢＳ）と腸管内持続投与という二つの手術を伴う治療法だった。京都大学の高橋教授のｉＰＳ治療が話題になり、治験も始まった時期ではあったが、それも待っていられないくらい、切羽詰まった状態であった。ＤＢＳについては、新たな治療法として紹介された記事の切り抜きを四、五年前に友人が送ってくれたので、すでに知ってはいたし、テレビでも手術前は車椅子に乗って

病院に来た人が、手術後すたすたと歩いて帰る映像を観てもいた。

しかし、もう一つこれに賭けるという決定打になる意見がほしかった。それで前の主治医であり、病院長になっていた村田先生に、ＤＢＳについてメールで相談をした。先生には次のように書いた。

村田先生

今年もあと残すところわずか、先生もお変わりなくご活躍のことと存じます。私のことは覚えてくださっているでしょうか。

厚かましいと知りつつ、お忙しい先生の時間を取らせて申し訳ありません。ＤＢＳについて、先生のご意見をおきかせください。

このところウェアリングオフが激しく夜間のトイレの自立ができなくなっています。オンの時は、身体もよく動き、仕事も卓球もやれています。が、薬の効く時間が短く、また、効き方も悪くなってきました。

まだ六十二歳です。前向きな私ですが、このところうつになっているのではないかと思われます。こんな私に、ＤＢＳ治療（脳深部刺激療法）は有効でしょうか。

国立センター病院の脳神経外科の先生は、経験豊富な方ばかりなのでしょうか。

埋め込んだ電極の効果は、長期的にみて期限があるのでしょうか。

また年齢的に、手術するのにまだ早いとか遅いとか適切な時期がありますか。

今の担当の斎藤先生ともコミュニケーションはとれていますし、主治医として信頼し、尊敬しております。斎藤先生も（私には）合っている治療法です、とおっしゃられました。次回の診察時には、夫にも同伴してもらいお話を聞くことにします。

それでも村田先生のご意見をうかがってから決断したいと願っています。以前診察中に先生が、

「外科の先生は基本手術を断らないから、一時期、適しているいないにかかわらず、こぞってDBSをしたら、なんだ効果がないじゃないか、という評価になってしまったのよね。あなたのような人には効果がでるんだけど」とおっしゃったのを覚えていますが。

よろしくお願いいたします。

二〇一六・十二・十八
野﨑美穂子

そして、すぐに返信がきた。

野﨑さん

お返事が遅くなり、申し訳ありません。

はい、現状で、症状の変動を改善するには、DBSが良いと思います。

最近海外では一日六回以上ドパを服薬しても二時間を超えるオフ時間と一時間をこえる生活に支障のあるジスキネジアがある場合は、DBSかドパ腸管内持続投与（Duodopa）、またはアポモルフィンの皮下持続投与を考えるほうが良いのではないかと言われています。

このうち、アポモルフィンの持続投与は日本にはありません。

腸管内持続投与は最近日本でもできるようになりました。

脳を刺激するより、胃瘻から腸管内にポンプで持続的にドパを入れるほうが良いという方もおり、そちらもしています。効果はよいですが、まだ九月に始まったばかりの治療法で、術後のケアなどを考えると、DBSのほうが楽なような気がします。私はどちらかというと、もっとonとoffの差が激しく、dyskinesiaがひどい方に、Duodopaをお勧めしています。

野﨑さんはDBSが良く効くタイプの方ですし、DBSをしてもきちんと規則正しく服薬していただく必要はありますが、それを守っていただければ、十年以上も良い人が結構います。

最近は刺激の機器も改善されてきて、電池交換をしなくて済むものもできてきています。もし、ご希望なら一度脳外科ＤＢＳ専門の木村先生に外来でお話しを伺ってみてはいかがですか。

村田美穂

その後まもなくして木村先生から、ＤＢＳを受けたらｉＰＳ治療は受けられないことや、検査の結果次第で、認知症の傾向があれば手術はできないことなどの説明を受けた。脳内の、視床下核という枝豆くらいの大きさのところをターゲットとする、いわば３Ｄの世界での手術。不安と言うより、むしろワクワク感のほうが私にはあった。

手術はその年の夏と決まった。

DBSに望みを託す

平成二十九年夏（六十三歳）国立センター病院で二回に亘って、DBSという手術を受けた。執刀するのは、パーキンソン病患者に行われる脳深部刺激療法が専門の木村先生という女性だった。後で聞くところによると、脳外科医で一人でDBS手術ができる女性医師は、日本ではまだ木村先生しかいないとのこと。国立センター病院に来て間もない時のことではあったので、私の手術には、木村先生の師匠もついてくれたらしい。

DBSという治療法は、脳外科の執刀で埋め込まれた電極の調整を外から医師が行い、電極を強めたり、変化をつけたりする。強くするだけがいいというわけではない。問題は、自分の意思と無関係に身体が動いてしまうジスキネジアという症状にある。勝手に動いて疲れるし、手や身体までくねくねして、椅子からずり落ちそうにもなる。医学書によると、百メートル走をしているくらいの運動量なのだという。手術から二年目の私は今も、飲み薬の量と電極の強弱であれこれ試してもらっている。

難病と言われている病気なので、今の医学では治るとか良くなることはあり得ない。薬も継続して飲む。しかし、最大の効果は、希望が目の前に広がったことである。手術のおかげで、泥沼のような絶望感からは解放された。動きづらいという症状は、震えや固縮なども合わせて多くの方の主訴ではあるが、手術前の私の場合は、動けないのだ。「動きづらい」と「動けない」の差は大きい。トイレも一人では行けないし、どこかへ行きたくても行けない。

自分では年末から半年あまり、今を打開するにはもうこれしかない、と思いつめて決めていたことで、脳をいじるということへの不安や家族の心配も、後遺症だの味覚、臭覚への影響だのとマイナスな情報はさておき、突き進むしかない。ここで私本来の猪突猛進、前のめりの性格が出ただけで、もう少し思慮深ければ、どうだったろうか。「まな板の上の鯉」と言い聞かせ、手術に臨んだが、後日、友人のいとこがＤＢＳを受けて味覚が失われ、食べることに興味を持てなくなったという話を聞き、術後にそんなこと聞いても……。それでも受けたとは思う。

パーキンソン病仲間に、内容を聞かれることもでてきた。この誰もが体験できるわけではない「脳をいじる治療法」のことを話すには、うつになりかけた手術前と、今の私のことを話すしかないし、まだ私自身が整理できていないことも多い。実は、私も知りたいのだ。この手術が、果たして、うまくいっているのか、これからどんな道をたどるのか。

手術の様子を聴く

私は手術二週間前から入院した。

二週間かけていろいろな検査を重ね、同時に少しずつ薬を減らしていく。臨床心理士による心理テストや知能テストもあった。薬がない状態は、私という人間が停止している状態とも言える。頭も言葉も、感情もストップし、ひたすらどうすれば一歩が出るかのみに集中しているため、周りで何をしているか、何を話しているか、まったく関心が持てない。人間が完全オフという状態。それもこれも手術さえ終われば解放される、といよいよ期待も高まる。

しかし手術前夜、いきなり不安に陥る。様子を察したのか、同室の二人がいろいろ話しかけてくれ、話も弾み、昔流行ったフォークソングやグループサウンズの歌など歌ったりし、その晩は珍しくゆっくり眠れた。翌朝、同室の二人が「頑張ってね」と送りだしてくれた。

手術台に乗って、いよいよという時、ふっと私は、「これって、許されるのかなあ」と

つい口にしていたらしい。手術担当の看護師さんが傍でずっと私の手を握りながら、

「そうね。皆さん、手術前にいろいろ思うようですね」

とやわらかに言葉を返してくれた。

部分麻酔のため、執刀する先生たちの話し声と道具類の音など聞いてはいるが、何も見てはいない。

全身麻酔ではないのは、執刀医が患者と話をして埋め込む電極の位置を確定させるためだ。たとえば震えのある人であれば、電極がうまく焦点が合っていれば、「手を上げてみてください」と言われて、患者が指示どおりにすることで震えが止まっている、という確認ができる。しかし、私の場合は、なかなか反応がなく、探しあぐねたということだった。

頭蓋骨に穴を開けるのに、最初はゴリッ、ゴリッと手動のドリル音、次はゴーッという電動のドリル音、そして歯医者さんでも聞くキーンという電動やすりの音と三種類が聞こえたが、そんなに痛くもなく、冷静に聞いて、おもしろがっていた（あとで聞くと、痛かったあ、という方もいた。痛みの感じ方はそれぞれなので気の毒ではある）。

いつも工房で夫が使っている機械を思い出して、うちのドリルで一円玉くらいの穴を開けるところを想像したり、執刀の先生のお話なども聞くともなく聞こえてきて、先生たちお昼を食べられるのかなあ、木村先生はいつも昼も食べずに診察しているし、などと心配したりしていた。その途中途中で、

「あ！　ここかも。いや、違うかな。ま、次行きましょう」

という木村先生の声が、甲高く響き、ドキッとする。中盤からその繰り返しが続いた。時間の経過とともに、次第に腰が痛くなり（六時間も過ぎてくると腰のつらさも限界になってくる）、いつもあっちこっち痛い時に頼る作業療法士のシミズさんなら、どうするかなあなどと考える。腰の痛いここをさすってくれたらなあ、早く楽になりたい。結局、手術は九時間近くかかった。

なんだかサンドイッチが食べたくなって、つい言葉にし、手術中にと先生たちの失笑を買う。手術を受けたほとんどの患者さんは、食欲もなくなり、ぐったりしてしまうことが常らしく、木村先生が、

「パンはのどに詰まる可能性もあるから、ご飯を用意しましょうね」

と言ってくれて、夕食をゲット。普通、当日の夕飯は用意されないらしい。

頭の髪の毛はすっかり剃られたが、案外似合うね、という評で諦めがつく。

しかし笑えたのは、手術前日、夫が何時頃までかかるのかと聞くので、「八時間かかるらしいから、夕方に来れば？」と私も答えたのだが、手術直前に看護師長が、「あら、付き添いの方は？」と聞くので、「夕方来ます」と私が答えると、「え？　手術中何が起こるかわからないので、ご家族にいていただかないと。すぐ呼んでください」と言われたことだ。なんとものんきな夫婦である。

一週間後、脳に埋め込んだ電極からつながるコードと装置を胸に埋め込む手術をした。その刺激装置には電池が入っており、四、五年したらまた取り替える手術をする。このときは全身麻酔のため、なんら記憶に残ることもない。両方の胸に埋め込んだ装置の右側が、右腕の使い過ぎで真ん中に寄ってきたのは、先生にとっても経験外のことらしかった。手術のあと、間もなく仕事に復帰したのがちょうど秋、落ち葉のシーズンで竹ぼうきで掃いたのだが、埋め込んだ装置が筋肉に定着する前に動かし過ぎて、真ん中に寄ってしまったと思われる。

しかし、部分麻酔で手術の様子を生で聞いた体験は、じんわりと私を変えていったようだ。病棟で知り合った子どもたちや若年性パーキンソン病の仲間より先に、未来ある彼らより先に、医師が六十代の私に手術をしてくれた、そのことを無駄にしないぞという決意のようなものが生まれた。このままのんべんだらりとは生きられない、私にできることを精いっぱいしなくては、申しわけがたたない。

手術中ずーっと私の手を握り締めてくれた看護師さんの手の温かみは、折に触れて思い出されるのだ。

看護師の役割

薬を飲んでいないのに、その夜（脳の手術日）は一人でトイレに行く（思わずニンマリして、ガッツポーズ）。次の日も調子が良く、行きたい時に自分の足で行ける。嬉しくて嬉しくて、身近な友人、家族に早速メールで知らせる。しかし、その翌日、動けなくなってトイレに行くのも困難になる。

でもそれを認めるのが嫌で、夜無理やりトイレに行こうとして転んでしまった。起き上がろうとしたが、足に力が入らない。しばらくして夜勤の看護師さんが見つけてくれた。ただ起きられなかっただけで、骨折もしていない、痛いところもないと説明したが、ほかの看護師さんと当直医まで呼ばれ、大騒ぎになる。今後、絶対自分で動いてはいけない、と厳重に言い渡された。

しかし朝方、懲りずに車椅子でトイレに行こうとして、あゆちゃんという看護師さんと目が合ってしまう。まずい!!　と思ったが、時すでに遅く、すたすたと近づいてきた彼女のいつもは美しい顔が、あまりに険しいので思わず、先に言い訳がましく叫んでしまう。

「だって、私の気持ちにもなってみてよ。この手術が成功か失敗かわかんない、という不安でいっぱいなのよ」

などと訳のわからないことを言っていた。それを黙って聞いてくれたあと、あゆちゃんが、

「そっかあ、野崎さんもつらいんだね。私まで涙出てきちゃった」

と目をこする。

それからあゆちゃんと、看護師の仕事とは、という話をした。今朝私が棚の上のバナナを食べたくて、ナースコールを押した時のことを例にして、私が、

「バナナを取ってあげるってことは、看護師の仕事じゃないでしょう？　医療行為でもないし、雑用じゃない？　いちいち頼みたくないのよね。自分でできることは自分でしたいし、しなきゃいけない。私はトイレにも一人で行けるはず、ＤＢＳを受けてできるようになったんだから」

というようなことを言うと、あゆちゃんも、考え考え話しだした。

「この間、父が階段から落ちて、頭を切ってほんと血の海だったの。あんなこともう見たくないし。看護師の仕事って、患者さんの安心と安楽のために尽くすことだと思う。バナナを取ってあげることが患者さんの安楽のためになるなら、それが本来の仕事と言えるわね。神経内科はともかく、脳外科では手術前後の方をともかく無事に送りだす役割がある

の。手術前に怪我してできなくなってはいけないし、術後怪我して無にしてもいけないでしょ」

あゆちゃんの真摯な物言いに私は思わず、

「わかった、必ずナースコールするね」

と自分から指きりげんまんをしていた。

看護師もたくさんのＤＢＳの症例に接していたら、調節に時間がかかることや、術後の経過が行きつ戻りつ進むという理解が得られたかもしれない。

ゴッドハンド

私だけが不安定になったわけではない。退院して一ヶ月後に再び病院に戻り、再度一ヶ月間、電極の調節をした患者さんのことをあとから聞いた。機械を埋め込むのだから、スイッチを入れれば目盛りを合わせてオッケー、となるのだろうと思っていた。そういう漠然とした印象を私自身抱いていた。しかし、これが体内に入ると理屈どおりにはいかない。

私は最初、七月に手術して八月の誕生日には家に帰りたいと思っていたが、病棟の先生

から、

「ふ〜ん、それで何歳の誕生日なんですか？」

と聞かれて、苦笑い。

「また戻って入院とかの事態になるより、もう少し時間をかけて電極の調節をしましょう」と、じりじりするせっかちな私の性格を見越しての先生の言葉だった。

木村先生と、ちょうどその時期実習に来ていたY先生には、手術のみならず、手術後の精神的に不安な時を一緒に闘ってもらった、という感謝の思いがある。木村先生には二人の男の子がいるとのことであったが、休日にも朝に夕に声を掛けてくれ、細かに調整をしてくれた。

これからも苦しい時、つらい時に駆け込める存在があるというのは、ほんとに心強い。まだ不安定で秋田の実家に帰れるだろうか、と悶々としていた時も、木村先生がＤＢＳの調整をしてくれて、細かな状況だのを聞いてくれたりしながら、

「前のように一歩も出ないということはないし、立ち往生するってこともないのだから、自信を持っていってらっしゃい」

と言ってくださり、それは日々の支えとしても助けてくれる魔法の言葉だ。たとえ薬がなくても、とりあえず一歩は出る。

「野垂れ死にはしない」

そのとおり！

入院中には、毎日四十分ずつ、作業療法士さんと理学療法士さんに治療してもらえる。毎日同じ方が担当してくださる。ＰＴ（理学療法士）のサクラさんには入院のたびにお世話になってこれで三回目。すっかり気心も知れて、治療室にあるゲームをやらせてだの、卓球をやりたいなどと言いたい放題。叶う範囲でだが、力を尽くしてもらい感謝の言葉しかない。ＯＴ（作業療法士）のシミズさんは、最近の入院の時も、満杯のスケジュールの合間をこじ開けて私の時間を作ってくれた。術後の気分が落ち込んだ時にも、自信をなくした時も、誠実に対応してくれた。パーキンソン病のために、身体の一部に負担がかかり痛みをもたらしていることや、背筋腹筋が大切なこと、しかし鍛え方を間違えるとかえって腰が曲がるなど、実質的かつ論理的に説明してくれる。

惜しむらくは、退院すると一切関わってもらえないことだ。制度上、入院患者だけということだった。入院中に知り合った方たちの何人かは、リハビリの先生たちのマッサージのおかげで、腰が伸びたとか、痛みが軽くなって改善したと言い、喜んでいた。医師による薬剤処方や外科療法ともちろん両輪ではあるが、毎日患者さんの話を聴き、その患者に一番いいやり方を考える。時に相談に乗り、良いところを見出し、自信を与えと、その存在は大きいと感じる。

個室はさみしい

入院に際して、初めは個室のほうが良いと思っていたが、入院生活に慣れてくると、個室はさみしいのだった。みんなでわいわい言いながら朝ドラを観たり、道具を融通し合ったり、語り合ったり。看護師さんからは、「野﨑さんが行く病室は、いつも仲良しだね」と（まあ本音はうるさいという意味かもしれないが）言われた。だって、二十四時間一緒だったら、もう素で付き合うしかないではないか。カーテンで仕切ってお互い息をひそめて過ごすより、カーテンを取っ払って太陽の光をみんなで共有して、広々使ったほうが気持ちがいいに決まっている。その一点さえ共感できれば、もう言うことはない。もちろん、着替えや具合の悪い時に閉め切るのも当然で、そんな時にはみんなも声をひそめて遠慮する。

私の入った脳外科病棟では、てんかんの手術を待つ子どもたちや、検査のために来た子たちとその付き添いのお母さんたちで、毎日ごった返していた。付き添いのお母さんたちは、夜はだいたい病院の補助ベッドに寝る。狭くてつらそうだ。それでも入院できて良かった、ラッキーと言う。入院を希望してもベッドの空き待ちの人数が多くて、なかなか叶わないらしい。

話を聞くと、日本で十何人しかいないとか、世界中でも何十例しかない、という珍しい病気と診断された、という人もいた。新潟や福島などから車に車椅子ごとお子さんを乗せて運転してきたお母さんたちのたくましさったらない。荷物も多いから、車が一番。途中で一泊してきましたなどと、何でもなさそうに話してくれたが、実際、大変だなあと思う。

それでも、「病名がわかっただけでもホッとしました」と明るく語る。

「ほかの家族は夫に任せて、だから入院はこの子も私を独占できて嬉しいらしくて」とも言っていた。

「お互いに部屋の行き来は禁止」だの「食べ物のやり取りはしないこと」などの看護上の禁止事項はあるものの、それも守りつつ、お母さんたちは何人も廊下やホールで立ち話をしている。それも目を離せないてんかんや、様々な障がいを持った子が、ちょっと機嫌がいい時や昼寝をした隙にだから、ほんの短い時間だ。

「眠れた？　ゆうべは」「ぜんぜん。発作が出ちゃって」「そう、うちもよ。眠いなあ」「お風呂につかって、生のお野菜をたくさん食べたいね」「ゆっくり、コーヒーを飲みたいよね」という会話が、お互いにとても力になるようだ。相手を思いやり、愚痴を笑顔に変えて優しい言葉をかけ合うお母さんたちは、皆とても美しい。日々の緊張感からなのか、子どものためにできることを精いっぱいしているひたむきさからなのか、本当に美しく思える。

そんなお母さんたちに、心の中で秘かに応援を送る。頑張ろうね、頑張るしかないよね、私が、頑張るしかないもの。壁越しに届け、と心を込める。

第四章

仲間と出会う

PDCafé

手術から二ヶ月ほど経った九月半ば、小平の体育館で行われているPD（パーキンソン病）Caféを友人に教えてもらい、参加した。Caféとは、集まり程度の意味だそうだ。その代表の理学療法士の小川さんに自己紹介しながら、現在、DBSの調節をしてもらっているのだけど、と話すと小川さんは、「なかなか時間がかかりますよね」と言った。

その言葉に（ああ、やっぱり時間がかかるんだ）と、それまでのもやもやが取れるのを感じた。新聞記事やネットの宣伝などでは、すぐにDBSの効果が出るかのように書かれていたが、それにしては私のこの術後の調子がしっくりこないのはなぜだろう、と不安やら不満やらでいっぱいだった。やはり私の欲が深すぎるのか、腰の痛みはDBSとは無関係なのか、などとぐるぐる考えていたが、小川さんのその一言でけりがつき、それからはあまり考えないようになった。

PDCaféは、理学療法士の小川順也さんが国立センター病院に勤務していた時、幾人かの患者さんに、

「退院したら、せっかく教えてもらった運動も、継続するのは難しい」

と相談されて、ならばと病院を退職し立ち上げたものだ。

パーキンソン病が根治できる治療法が確立されるまで動ける身体をつくる、ことを目的として、その環境作りに奔走している。体操やヨガ、ボイストレーニングなど、パーキンソン病特有の悩みに応えて若いスタッフと活動を広げている。現在は、全国十か所でCaféを月一回開催しているそうだ。地方には、仲間も見つからず、情報もあまりなくて、暗く沈みこんでいるPD患者がどのくらいいるのだろう。必要とされているのだ。

私は幸いDBSという手術に出合い、装置をつけてもらうことができたが、これからもどんどん新たな治療法や新薬の開発もされて、きっと近い将来いろんな症状に対応できるようになるだろう。未来にただ期待するだけではなく、私たちも情報を集めたり、仲間たちと交流をしたりしつつ、やはり個々の体力と気力を衰えないように鍛えておかなくては、と思う。私も街にあるヨガ教室やピラティス教室など、お試し期間で自分に合うものを探しているところだ。

それまで、同じ病気を持つ人の集まりに出るのはすごく抵抗があった。パーキンソン病は進行する。自分の何年後かをほかの人で見出すことになる。自分は違う、あんな風にはならないと、根拠も理由もなく考えようとしていた。だから、患者の会のような集まりには参加しようとはしなかった。

ところが、PDCaféには抵抗がなかった。とりあえず自力で参加し、体操できることが条件になっていて、体操を始めると皆ちゃんと動けて、うらやましいくらいだ。最後までついていけずに、椅子に座り込むのは私が一番早いのだ。どちらかと言えば、若いほうなのだが。

自己紹介を毎回するが、年齢はともかく、発症して何年かという時はみんな耳をそばだてている気がする。私より長い経験者には、今のところ二、三人くらいしか会わないが、しかし症状もそれぞれ、進行の仕方もそれぞれで、実は年数は何の参考にもならない。ただ、お互いの苦労を聴くだけだが、それが何とも砂に水が沁み入るように、心に入ってくる。というのも、手術前に経験したことだからかもしれない。

「『同病相憐れむ』のは嫌だ」と言いきる人も多いが、それを私は「同病相励ます」と言い替えて考えている。この病気と付き合うには、同じ病気の仲間が必要なのだ。

温泉卓球クラブ

手術後に、何回か卓球の試合にも出てみた。が、リズム感がなくなったというか、テンポが合わないというか、さっぱり打てない。サーブすら、左手で上げても右手とは合わず、スルーしてしまう。でも、卓球をやれるってことだけでとても嬉しい。同じグループの方が、

「この会場にいる二百人、三百人の人たちの中で、あなたほど嬉しそうに卓球している人なんていないわよ。一番輝いている」

と言ってくれた。一日にたった一セットしか取れない私が？　そりゃそうかも。卓球好きな元気な人たちに交じって試合をしているってだけで気持ちは高揚して、ついにこにこしてしまう。それに、暗い体育館で試合をする時だけ浴びるスポットライトは、まるで舞台に立っているかのようで、負けても嬉しくて仕方がない。

　私が明るく、前向きになった最たる表れは、PDCaféに参加している仲間たちと「プラス」（PDCaféの仲間で自主的に作ったサークル的なもの）を立ち上げたことだろう。PDCaféに参加してまもなく小川さんから、「皆さんがやりたいことをやりましょうよ」という提案があり、私はすかさず手を上げて言った。

「卓球やりたい、合唱をやりたい、それから……」

　それから一、二ヶ月のうちになんと、温泉卓球クラブ通称温卓クラブができ、私は念願の卓球ができる環境が整ったのだ。しかし、これは私の力でも何でもなく、それなりの皆さんの力量が実現させたのだ。素早く立ち上げてくれたカワシマさんに感謝している。

何だか思うように動かない私も、自分が卓球をするより、初めての方やうまくなりたいという意欲を持った方へのマネージメントに徹している。場所取りはもちろん、ラリー賞の賞品や、ラケットを買いに行くなど雑用もある。

また、私の友人二人も、ボランティアで来てくれるのがありがたい。全員がＰＤ患者だと、卓球台を出すのに三十分もかかるので、会場が使用できる二時間のうち半分がなくなってしまう。だが正味一時間を集中してやれるってわけでもない。そこで私の仲間に声を掛けたところ、友人とママ友が、いいよと快く来てくれたのだ。ほかにも三、四人の友人が「手が足りない時は言ってね」と態勢は盤石だ。

「卓球なんて、病気のあたしたちにもできるの?」「やったことないけど」と言う人にも、アキコさんや、モリさんの姿を頭の中に浮かべて、「大丈夫よ」と確信を持って言えた。

「卓球は、子どもの時以来だわ」と言いつつ、第一回ラリー賞を取ったサチさん。

「病気になってから、汗かいたのって久しぶり。気持ちいい」と言うナミさん。

「これでも、若い時はバレーボールで国体の選手だったのよ」とユウさん。

奥様を三年前に亡くされて引きこもりがちだったシュンさんは、温卓のお知らせのメールを見て、「また、やってみようかな」と思ったという。

地域の卓球サークルに入っていたが、みんなが上達するのに自分だけがうまくならない、どころかボールがさっぱり入らないことに不安を覚えていたカトウさん。

パーキンソン病の発症で、中学校の教師を辞めざるを得なかった、元卓球部の顧問のヤスさん。

それぞれの過去と、パーキンソン病のそれぞれの症状を抱えて、今一緒に卓球をしているのが、じんわりと不思議な感動をもたらす。温卓クラブを立ち上げて、よかった、と私も嬉しい気持ちになる。

やりたいことは、想いを強く持てば実現できるものだ、という表現を最近聞くことが多い。私も共感を持ってその言葉を聴いている。

しゃべり場　その一（PDCafé　プラス）

卓球クラブと同時にできたのが、しゃべり場である。一応中心になっているのは、アシナさんとオオタさんとカワシマさんと私の四人だ。PDCaféでも自己紹介に付け足してそれぞれの「もっと聞きたい、しゃべりたい」を話す時間はあるが、体操がメインなので時間が短い。もっと聞きたい、もっと話したいと思う気持ちが一致したのだろう、いろいろ出た企画の中で今、しゃべり場が定着している。

しかし、これも企業で研修担当の仕事をしているアシナさんの存在があればこそ。みんなの「もっと聞きたい、しゃべりたい」をみんなで共有し、しかも、それぞれの持っている知識、経験をポンポン出し合って、う〜ん、なるほどと深まる。アシナさんのファシリテーション力はすごいなあ、といつも感心している。

私は、皆さんの話を聴いて、ただ学ぶ。薬のこと、副作用のこと、主治医との付き合い方、病院の取り組み、などなど……。私など、ただのほほんと生きてきただけで、医学書やネットで調べたり、得られる情報を整理して考えることも少なかったというのは明らかである。薬や治療についてとても詳しいナガノさんを、私は薬剤師かお医者さんだとばかり思い込んでいたが、一度隣に座った時に聞くと、

「普通のサラリーマンですよ、全部病気になってから勉強したんです」

と言う。医者に間違われるくらいに知識を得ようとするナガノさんなりの克服法に、ただただ感服。ナガノさんがここに至るにはパーキンソン病の先輩の言葉があったという。「プロの患者になれ。自分の闘う相手を知らなくては、何にもできないだろう」と言われて、渡された薬をただ飲むだけでは駄目だと思ったのだそうだ。

しゃべり場で、「精神的に落ち込んだ時、どう立て直すか」という問いかけが、女性グループから出た。そのテーマで皆さんと話し合った。その時にアオキさんから、お正月にお腹を壊したという話が出された。一瞬、(ん?)と思う。が、よーくよーく話を聴いて

いくうちに、「身体の不調で気分が落ち込むのではないかと思い、検査をしたら、案の定だった」という話だとわかる。私の答えなど、おいしいものを食べる、などという気分的な浅いもので、アオキさんのように、原因を探るという姿勢や発想も大事なんだなあ、と学ばせてもらった。

その後、人間の幸福感は、野菜や果物の摂取量を増やせば増やすほどアップするという研究結果を知らせる記事を何かで見た。その研究では、野菜や果物を摂取することで、幸福感に悪影響を与えるスイーツや、甘い炭酸飲料の摂取が減ると考察する。食べ物が精神に影響を及ぼすという研究にも、目から鱗だった。「研究」とか「理論」などの言葉を拒絶していると損をするぞ、と思われた。

またしゃべり場では、ほかでは言えない聞けない話題も話せる。

便秘の苦労や、ひん尿のこと、男性、女性も入り混じっている中でわいわい話している時に、その雰囲気につられて私もつい言葉が出てしまった。

「私も一時、おむつをしていましたよ。おむつと言うと抵抗あるけど、紙でできたパンツを穿くと思えば平気、平気」

その悩みの渦中にいたAさんも、

「そっか、なんだかおむつをしたら、もう人生終わりかと思ってた」

と少し安心した様子になった。

（そんなことでは、人生終わりませんよ。終わらせてなるものですか）。手術前に使っていた「紙でできたパンツ」の残りは、退院して家に帰ると、すぐに押入れの奥の奥に仕舞ったっけ。

しゃべり場　その二

自らを隠居と言うカワシマさんは、参加者にも目配り気配りを欠かさず、

「それっきり来なくなるって、どうしてなんだろう。どうしてるか気になる人もいる」

と言う優しい方だ。

私も気になっている人は何人かいて、連絡しようもないままになっている。スタッフとしてできることは、そんな人たちに向けて企画を練ることだろうと思う。四月のお花見に、試しにワインを一本買って行ったらあっという間に空になった、とか、パーキンソン病特有の無表情に逆らうべく顔体操の講師を招く、などの学習会を開くのもいいかも。工夫もしつつだ。

また、一度来てそれっきりの人もいる。アシナさんも気に掛かるらしい。まあ、それぞ

れ見たくないもの、知りたくないものも人にはあるし、その方にとって、まだそこまでは必要ない段階かもしれないし、いつでも出入りできる場にしておけばいいのかもしれない。

オオタさんは、私が頼んでスタッフになってもらった。スタッフと言っても、まったく自主的なもので、承認を得てなるわけではないし、何かを決定して実行する権限もない。カワシマさんの表現によれば、「ゆる～く、ゆる～く」成り立っている。組織と言うにはおこがましい、群れ集団とでも言うくらいのものだ。しかし、先日PDCaféが、千葉や大宮にも新たに開設されるような話が出た時、アシナさんが、オオタさんに、

「じゃあ、僕らはそっちに移りますか？　そちらでプラスを作りましょうか」

と言った。一番ショックを受けたのは、多分私だった。いくらゆる～い運営でも、私にとってはかた～い結びつきである。思わず、「え～そんなあ、悲しいよう」と言葉が出てしまった。

しかし、いずれこのプラスの活動を広めていくべき時も来るだろうなあ、と頭ではわかる、わかっている。何かを始めるにあたって、前例にないとか、責任とか、マイナスのベクトルを持ちこむ必要がないし、出たり入ったりも自由ででも、今までの活動を振り返ると、かなりおもしろいことをやっている。PDCaféが着々と場を広げていっているのに従って、その場その場でやりたい人がやりたいことを中心になってプラスのような活動をしていくのは自然な成り行きで、多分、私たちがその先駆的活動と言える。今までしゃべ

り場で皆さんから出た、患者としての考察や知恵、工夫などをまとめるところまでいっていないが、それはこれからだ、と思う。「結構私たち、すごいことをやってのけてるよね」と私が言うと、アシナさんも大きく頷いた。

前回のしゃべり場での、ドーパミンに関する話題もおもしろかった。寝ている間にドーパミンが作られて蓄えられているから、朝薬に頼らず動けるという人と、寝起きに薬を飲み一時間待たないと動けないという人もいて様々だ。楽しいことを考えてドーパミンの出る生活をしたいなあ、という意見に、変な時に勝手に動き出すのもなあという意見。ジスキネジアは、ほんと疲れるから嫌という人と、傍で見ているとすごく揺れていて、「疲れない？」と聞いても「え？　僕そんなに揺れてる？　知らなかった。でも全然気にならない」と言う人もいた。

本当に百人いれば百通りなんだなあ、とつくづくこの病気の一括りにできない難しさと、またおもしろさも感じる。ねえねえ、あなたと私ってホントに同じ病気？　などと聞きたくなるくらい違う。症状も、またその受けとめ方も人によるのだ。

薬がうまく効く時はいいが、うまく効かない時、先日の発想の転換を思い出し、もう薬が効かないだの、症状が進んだだのと、負の考えのスパイラルに落ち込まないように、（あ〜あ、今日は何だか調子悪いなあ、今日は多分気圧とか天気のせいだから仕方ない）、と諦めることにしている。誰か、このことに科学的な根拠を見つけてくれないかなあ、などと、この他力本願はいけない。

明日、天気が良くなれば、きっと身体も動けるだろう。

ボイストレーニング

プラスのスタッフにサカイさんが加わって、楽しくなってきた。サカイさんとは歌声クラブでも一緒で、ころころとよく笑う明るい方だ。歌声クラブとは、ＰＤ仲間のハセガワさんが主宰する合唱のサークルで、このところ誘われて入ったＰＤの人五、六人でほそぼそと歌っている。

歌声クラブでは年に何回か、ボイストレーニングのイカワ先生を招き、教えてもらっているそうで、私が参加した初回、偶然にも教えてもらう恩恵に浴することができた。鼻が利くとよく言われる私、（そうだ！　しゃべり場でイカワ先生にボイストレーニングをお願いしたらいいかも）と思ったのだ。

それから一ヶ月、ハセガワさんと協力して準備し、イカワ先生をプラスのしゃべり場に迎えた。いつものメンバーはもちろん新しい方の申し込みも多く、三十名というＰＤと家族で、借りた会議室は満杯となった。

プラスにイカワ先生に講師として来てもらうにあたっては、事前に意見や質問などが出た。

「歌を歌うことが、治療になるのだろうか」

「たとえば言語聴覚士の行うトレーニングと違うのは、どこか」

などなど。そこで私がそれらの質問をイカワ先生に伝え、メールで答えていただいたものを初回にプリントして配った。

みんな必死なのだなあ、と思う。歌を歌うにしても、楽しむ余裕があるとかないとかという問題ではなく、「声が小さい、声が出にくい」ことを何とか解決できないだろうか、とすがる思いで参加している。イカワ先生もその思いを受け止めて、一生懸命に発声法などを指導してくれた。参加した皆さんの感想も、自分の声に自信が持てるようになった、歌がうまくなった気がする、自分の身体を楽器と思うことを学んだ、など充実した時間になったようだ。

この間、イカワ先生と何度かメールのやり取りだけで、ボイストレーニングについて基礎的な知識や楽しみ方、歌の歌詞とメロディとの関係などについて教えてもらい、私のほうからパーキンソン病に関する本や資料を送ったりした。

「パーキンソン病のことを充分に理解したとは言えないかもしれないけど、これからも勉強させていただきますね。音楽にはたくさんの力と効能が含まれていることを信じているのは、ハセガワさんも私も一緒なんですよ」

と先生はにっこりとした。こちらから働き掛けたのもあるが、それに応えてもらえてまた嬉しい経験になった。

歌は基本、立って歌う。最初にイカワ先生が、立つ姿勢を説明する時に、「腹筋と背筋を使って立ちましょう」と言う。わかってはいるが、私はどうも立っていられない。みんなも同じ状況だろうと後ろを振り返ると、座り込んでいるのは私一人ではないか。なんでかなあ、病歴が長いし仕方ないかと諦めるのが日頃の自分なのに、そうか腹筋と背筋のせいかもと気がついた。仕事に就いていた時には、通勤と仕事で毎日自然に一万歩以上は歩いていたのに、今はパソコンの前に座ったきり。まったく動いていないし、お腹がぷよぷよしている。歩くのにも立ったり座ったりにも、お腹や背中に力が入っていない。これは、多分体幹を鍛えていないからなのだろう、と私にしては理論的に原因を分析してみた。しゃべり場で論理的思考を学んだ成果が出たのかもしれない。こういう考え方は、武器になる。しゃべり場の皆さんに感謝しなくては。

腹筋を鍛えるとは言っても注意がいる、とリハビリ室の先生たちには釘を刺されている。たとえばお腹の筋肉だけ鍛えて緊張を高めると、この病気の特徴で前屈みになる。いわゆる腰折れだ。そうなるとお腹の緊張を取る治療をしなくてはならない。ＯＴさんやＰＴさんから教わった運動を地味に続けなきゃと、またまた思った。

第五章
日々の暮らしの中で

やれること、やれないこと

娘夫婦の引っ越しを手伝いに行った時のこと。

孫（二歳）のお世話と、引っ越しの手伝い、とは聞こえはいいが、実は夫が三日ほど鹿児島へ出かけており、私を一人にさせておくのは心配という娘の配慮もあり、泊まりがけで行ったものだ。

しかし、孫もよく食べる子で、私は重くて抱き上げることもできず、イヤ、となると私の手に負えず、常に娘に心配されている。引っ越しの荷物も重くて持てず、我ながら情けなくなるくらい、何にもできない。孫の懐柔のため時間外の秘密兵器（甘いもの）をこっそりあげると、見事娘に見つかり、「勝手なことしないで！」と叱られ、「お母さん、手を洗ったの？」と手厳しい。孫の世話どころか孫に世話される時も近いかも。

私が四月に仕事を辞めた暁には、緊急時にはいつでも駆けつけるから任せて、と請けあってきたのだが、無理だ。娘の職場復帰に伴う、保育園のならし保育も、夫と二人ならと予定を立てていたのに、お姑さんに頼むから要らないって。なんか役に立たないなあ。

何かを頼まれた時や、あてにされた時に「いいよ」と真っ先に言うのが私だった、はずだ。今もその習慣から、自分の病気を忘れて安請け合いをする。そして気がつく。できない、ということが。

元気な人たちに交じって、何かをしようとしても自分の無力さに直面するのみで情けない、無念な思いを味わう。若い人ならともかく、同世代の人たちや年配の方に交じると、余計に自分の無力さが目立つ。

ここで、娘や息子に一緒に住もうよと誘われても、「嫌だ、一人暮らしのほうがいい」と決然と言う母の気持ちがリアルに実感できる。自分で何かして、できた！　ということの積み重ねが自信になる。夫が三日間いないだけで、何をおたおたしているのか。上野千鶴子氏の著作『おひとりさまの最期』にも書かれていたではないか。意志さえ持てれば、一人で生きていくのは可能なのだ。母の生き方に学べ、自由に一人でもやれる。パーキンソン病であっても、それは変わらないはずだ。

パソコンが怖い

私が仕事を辞めようと思ったきっかけは、いくつかある。頑張れば、あと一年再任用として雇ってもらえるし、一年持たなかったら途中で辞めてもかまわない。

しかし一番の問題が、夕方など特に、足がふらふらしておぼつかないことだ。通勤にかける時間が、苦痛で仕方ない。こんな不安な思いをしてまで行く価値があるのだろうか？帰りの電車では、以前は本を読み物語に没頭し、終点に着いても、もう少し読みたいのにということもあったが、今はまったく没頭もできず、本を開く余裕もない。帰り着くためになかなか神経を使う。一日のうちの六分の一を不安のまま過ごす苦痛……。

しかし振り返れば、だからこそ、電車の中で困っている人に目が行くようになったのかもしれない。夢中になって本に没頭していた時は、熱でふらふらしている女の子や、ヘルプマークをつけた人などに気がつかずに平気で座っていたのだ。自分がその状況にならないとわからないなんて情けないが、仕方ない。今わかっただけでも儲けものと思う。

しかし、さらに問題なことが起こる。

パソコンが扱えないのだ。ジスキネジアのせいか、マウスを持った手が飛び跳ねて、ファイルが移動してしまうのだ。たとえば、月例報告を保存しようとして、公園のファイルごとどこかへやってしまう。さあ、大変だ！　最初はどうやって探していいかわからず、始末書で済めばいいがと、青ざめる。

検索など、どう使うのか知らなかった機能も使い、今では使えるようになったが、どうにも怖い。パソコンに触れるだけでも怖い、と思うようになった。

字を書く時も指が勝手に飛び跳ねて、あれれれ？　とわけのわからない字ができあがる。人前などでは、絶対意識してしまい、書けないのだ。職場で日誌を書く時が一番ヤバかった。人前で住所氏名を書かざるを得ない時は受付で、病気で書けないので代わりに書いてくださいと、お願いしている。

字を書くのが面倒でもなく、手紙などもこまめに書くのだが、時間限定。つまり、薬を飲む前の時間——朝一番しか、まともな字は書けない。薬を飲んだあとは、シンデレラのように、あと何分しかない、と時計とにらめっこしつつ手紙を書く。

ヘルプマーク

末娘が気を利かせて、かばんにつけるヘルプマークをもらってきてくれた。まだ認知度が低いのか、バッグにつけたそれを見た人は怪訝そうに眺めても、まだ席を譲ってもらうことは少ない。今時の若者は……、と苦情交じりに言う人は多いが、私はそうばかりは思わない。

若者も疲れている。生きづらい世の中だ。歳を取っているというだけで、席を譲るべきとは言えないだろう。座りたければ、急行ではなく比較的空いている各停に乗り換えればいいのだし。

しかし、朝は殺気立っているというか、若い男でいつも優先席を目指して突進してくる人がいる。その日は自分がいつも座る優先席に、別の男性が座っていた。それが気にいらない彼は、突然、

「席をあけろ、お前が座っていい席じゃないだろう」

と怒鳴り出す。男性も意地になってか取り合わず。しばらく彼は怒鳴りまくり、騒然と

なった。

（仕方ないなあ）と思い、私が優先席から立ち上がって言う。

「あのう、そんなに立っているのがつらいなら、代わりますよ」

彼は礼も言わず、ぶつくさ言いながら座った。その後もたびたび彼の怒鳴る声は聞くが、関わるのが嫌なので、車両を替えている。彼こそ、ヘルプマークを必要とする人かもしれない。

公園も人なり

手術後、万全かという質問もいただくが、以前はできたことができなくなったという部分もある。しかし足が止まらないのは画期的に嬉しい。昨年暮れに同じ病院でＤＢＳを受けた方が、PDCaféに参加し、私は会わなかったが、「薬もいらないぐらい、絶好調だって」ということを、人づてに聞いた。先生もそういえば、言っていたなあ。「絶好調」。なんだか、診察のたびになんだかんだ不平を言う私が、贅沢なんだろうか？　と思わないでもないが、私はまだ絶好調という境地は知らない（後日談ではあるが、木村先生によると、まったく薬もいらない絶好調な人はレアケースなのだそう）。

公園勤務三年目ともなると、お馴染みの方も増え、しばらく見えないと心配になる。私も婆さんだが、後期高齢者で久しぶりにいらした方に、

「心配してたんですよ、また元気になられて良かったぁ」

と例の術後の明るさで言う。皆さんやはり、入院していたとか、手術していたなどの事情を話し、しみじみ、「また公園に来られて嬉しい」と笑顔で話すのだ。こんな時、公園も人なりと思う。どんなに整備が整っていても、声を掛ける人がいなければさみしいだろうし、声を掛けられると嬉しいだろう。

そういえば、森の公園で働いていた時、山爺を訪ねてきた若者がいたのを思い出した。楽しげに昔話をして若者が帰ったあと事情を聞いたら、なんとその若者は公園を住まいとするホームレスになりかけていたのを山爺に説教されて、立ち直ったとのこと。私もそんな公園職員になりたいと思った。

週に四、五回、公園内を歩くヨウコさんは、私を俳句の道に誘ってくれた。ちょっぴりかじってみたが、うまくできないのでもっぱらヨウコさんの句を鑑賞させてもらう。句は、公園の中を歩きながら作るという。商社に勤めていた時のことや、ボランティアのことなどを話してくれ、季語や植物のことなどたくさん御存知で、大いに勉強になった。ムクロジの実やスズメウリなど、初めて見る珍しい植物も教わった。またヨウコさんが知らない

木や花を一緒に調べたのも楽しい思い出だ。

最初から、具合の悪そうに働く私のことを、ハラハラしながらも見ていてくれたらしい。苦情を言われても仕方ない私の働き方を、それでも何となく頑張っているなあと感じてくれたようだ。

「あなたを見ていると、私なんかまだ働けるのに、恥ずかしくなるなあ。でも七十過ぎたらもう仕事もないし。せめて健康に、迷惑をかけずに暮らさなきゃね」と言い、一日ノルマを決めて公園を歩いていた。

句が入選すると、

「自慢する家族もいないから、野﨑さんに聞いてもらいたいのよ」

と、いわし雲、地球、公園で目にする光景など、視線を上げたおおらかな句を教えてくれる。その時間は何とも楽しい。

五年二組の子たち

公園では犬や猫への夜間の対策として、職員が帰り際、砂場にネットを張っている。それが緩いと猫も入ってしまうので、かなり力のいる作業だ。このところ病欠者が出たりして、三時半過ぎから、私一人の勤務が多かった。一見しっかり歩いているように見えるらしいが、実は心の中はいつ転ぶかとひやひやしているので、砂場の上で重いネットを畳んであるのを伸ばし、端をひっぱり、フックをかけるというのは不安このうえない。よく尻もちをついてしまう。

半年ほど前から、そばにいる小学生が手伝ってくれるようになった。仲の良い穏やかな男の子二人組だった。ほかの元気の良い職員の時ではなくて、私が一人の時に決まってそばに来てくれるのだ。

「ありがとう」とか「助かる」などと言われるのも、子どもたちには嬉しいようだ。その様子を見て、地域のおじさんおばさんたちも、「偉いなあ。隣の小学校の子たちでしょ」と言うので、ますます張り切ってその二人と一緒に遊ぶ子たちも加わり、

「五年二組で〜す」

とアピールして、女の子もフックをかけてくれる。次第に、

「五年一組だけど、手伝っていいですか」

と、どんどん増えていく。

精神年齢の高い女の子たちは、普通この場面では照れて知らんふりをする。そういう子たちも友達を見つつ最初は不機嫌そうな顔で、最後は素直に嬉しそうにキャッキャ言いな

がらネットをかけてくれた。

「校長先生や、担任の先生にもお礼を言わなくちゃね」

と声を掛けると、

「いいっす、僕たちも砂場を使っているし」

とかわいらしい。

学年によってカラーがあり、五年生は男女仲良くて、暗くなるまで楽しげに鬼ごっこやドロ警などをして遊んでいる。でも彼らにはとても助けられた。特に砂場近くのベンチは、散歩の途中でひと休みの方が座って、まるで衆人環視の状態。中には声高に、「公務員はだめだわ、まったく働かないんだから」と一日ベンチに座って、公務員の批判を言っている人もいる。その人たちも、「いい子たちだねえ」と目を細めて言う。我が子が褒められているかのように誇らしかった。

庭師のにわか弟子

年が明けて、庭師のN氏の動きが活発になってきた。

N氏は、職員ではなく本職の庭師で、もう十年以上も前からボランティアで公園の木々の世話をしてくれている。本職のほうは一線をリタイヤしているが、常連さんから頼まれて仕事をする時もあるという。私の中では師匠である。

師匠が、アジサイを整えているのを見て、

「花芽を残して切るんですね」

と聞くと、全体の形のことなども教えてくれ、

「じゃ、東側の何本か、やってみぃ」

との指示をもらう。まあまあの出来の時は、なんにも言わず、ちょっと手直しして終わるが、その後調子に乗って、椿の剪定をしたら、

「あ~あ、椿はあれじゃ、来年は、花咲かないぞ。魚の骨じゃあるまいし」

と叱られた。

ある時は、トキワマンサクの生け垣が傷んでいるので作り直すから材料を整えろ、と指示が出た。竹、棕櫚縄《しゅろなわ》、釘、針金など、業界用語もあり、納入業者と師匠との間をうろうろしながら、なんとか物を揃えた。

「さあ、今日はいよいよ組み方をするぞ!」

と窓口に来た日に、あいにく私しかおらず、

「なんだ、今日は男はいないのか。せっかく生け垣の講習をしようと思ったのに」

「師匠、私がいます。教えてください」

と飛び出す。

まず針金で竹と竹を組む。師匠は教えるというのではなく、二、三回やってみせる。それを見て真似る。私が何とかできているのを目の端で確認して、「今週中にやっとけ」と言い置いて帰っていった。我ながら満足のいく仕上がりになった。黒の針金が足りず、あるものでいいという師匠の言だったが、やはり緑の針金だと自分でも納得がいかず、黒の針金を自宅近くのホームセンターで自前で買い、やり直す。

翌週は、棕櫚縄の結びを教わる。男結びというのが何度やっても力が入らず、ぐずぐずになってしまう。ネットの動画で学習しても、「何やってんだ、ボケ！」と師匠にも叱られるし、やり直しで棕櫚縄もどんどん減っていく。

半分くらいはゆるゆるで、多分師匠があとで手直ししてくれたのだと思う。

師匠が、庭師三級は女性も受けられるようにと設けられた資格であることや、試験の内容を教えてくれた。私も受験してみたいなどとちらりと考えたが、パーキンソン病では結ぶとか、力を込めるとか、重い石を運ぶなどができないので、これも無理かと諦める。

師匠は、「ボケ！」とか「アホ！」と、言葉は荒いが、目は笑っているから怖くはない。むしろ私がどう返すか楽しみにしている節もあり、負けずに、

「まったく、師匠の人使いが荒いから、みんな逃げちゃったじゃないですか」

と言い返すのだ。

樹名板　再び

街の公園にも樹名板があったほうがいいなあと思って、提案するが、まず「間違ったら責任がとれるのか」から始まり、「俺は責任が持てないから、やれない」と席を立つ人あり。「ちゃんと根回ししなくちゃ」と言う人あり。「そもそも話し合いで決めようとしてもまとまるはずがない。一人でやりたいようにやればいい」と言う人あり。役所的なルールを知らない私も悪いのかもしれないが、話し合いの端緒にもつけないのは、どうしようと頭を抱える。

それでも徐々に材料が集まり、退職前の数ヶ月は樹名板作りに集中した。板に焦げ茶の防腐剤をかけ、白のペンキで木の名前を入れる。木の幹に板の色が溶け込んで、白い文字が浮かび、なかなか立派だ。夫が、材料の木を足りなくなるたびに補充してくれたおかげもあって、六十枚近く付けられたが、公園全体から言えばまだまだ足りない。

取り付けの時に思うのは、森の公園の樹名板は、印刷した白い紙をパウチでカバーをしただけのもので、先日見に行ったが、やはり板に書いた街の公園のものよりも数段見栄えがしない。それでも、米爺やらみんなが手伝ってくれたし、何よりそういう仕事が楽しかった。もし許されるなら、退職後に森の公園の樹名板を取り替えて、もっと見栄え良くしてやりたいものだ。

公園によって植えている木の種類や植え方に違いがある。大島桜、ヒカンザクラ、ヤマザクラ、サトザクラなど、森の公園には桜の種類が多かった。一方、街の公園にはカシやイチョウ、ケヤキなどが林立していて陽をさえぎり、隣家から「家の中が暗くなるから切ってくれ」と苦情も多かった。それで職員は枝下ろしに追いまくられた。私が木に上るわけではなく、同僚が木に登って切った枝を下で待ち構えて、細かくし袋に詰めて片付ける。

白ペンキで書いた私の字があまりに下手だというので、師匠からは、

「へったくそだなあ。もう少し、うまく書けよ」

と言われたが、付けてみると離れた距離でなんとなくそれらしく読めるし、「ノー、プロブレム」と返せる程度には、ちゃんとしている。

最初、字の上手い男性職員に書いてもらおう、という皆さんの意向だったが、私の退職も目前に迫り、私も待ち切れず、年始に出かけた近所の公園の樹名板がすごーく下手なのに、堂々として気持ちが良いのを見て後押しされて、断行した。

それでも一応、現職の造園職のOさんにも見てもらい、一日一緒に作業したが、

「間違っていたら、ごめんなさい、と謝って付け替えればいいでしょ」

と私と同意見なので笑ってしまった。彼女は二人の子育てをしている肝っ玉母さんだ。

やっぱり、女の力で世の中が動いているのは、間違いない。

外へ、外へ

私も電車がらみで、さんざんほかの乗客に迷惑を掛けてきた。娘たちも人に迷惑を掛けてはいけないという世代だから、私の身を案ずるよりそちらが気にかかるようだ。しかし、ほとんどの方たちは、迷惑と思うよりも自分より弱い者への気の毒とか可哀想という憐み（と言っては何だが）や、自分たちの健康のありがたみを思うきっかけになるのではないかとも勝手に考えている。

しかし先日のことには、言葉に詰まる。朝の十時頃の電車でのこと。ドアが開き、乗り込もうとしていた夫婦の奥さんが、「待って！　待って！」と大きな声で叫ぶ。すわ！　助けに行かなきゃと焦ったところで、お二人は何とか乗り込んできた。

御主人はパーキンソン病らしく、すくんでしまった様子。しかし奥さんもあんなに大きな声を出さずとも、と思いながら次の駅で降りていくのを見送った。すると、一人置いた向こうに座っていたカップルの男性が、

「あんなにしてまで外に出る……あるのかな……」

と、話す片鱗が聞こえてきた。よく聞こえなくて何とも仕方ないが、もし隣で想像した言葉を聴いていたら、一言言いそうだ。

しかし、何と言う？

足元がおぼつかないまま、ホームを歩くのも怖い。外出先で、疲れて足も出なくなることもある。PDCaféプラス仲間も同じで、転んで顔に青あざを作り、ばんそうこうを派手に貼ってしゃべり場に参加したミチコさんにも頭が下がる。また別の日に、役割があって、ご主人に両脇を抱えられながら、ともかく会場へ来てくれた時には、静かに感動させられた。ミチコさんは、弱々しい身体からは想像がつかないくらい、気持ちのきっぱりした人だ。ハンサムウーマンという表現が合う。ライフワークと言うべき、大事にしていることがあり、転んだくらいで外へは出られないという柔《やわ》ではない。

転んだくらいで、と簡単に言ってしまったが、転ぶのも二回、三回と重なると、実はショックのほうが怪我より痛い。私も経験があるけれど、手や足ならともかく、顔をぶつけると、次からは道路が目の前に迫ってきそうに怖い。駅のホームで電車を待つ時も、一

番前には並ばない。立って待つ時も片脚をずらして立ち、押されても前につんのめらないようにする、といった工夫もする。神経全開でも外へ行く。それでも、外へ行き、人と会いたい、話したい。

そうだ、足がふらついて外へ出ていけない、とメールをくれたヤスシさんに、こう言ってあげようかな。「奥さんが一緒なら、車椅子でもいいじゃない。とりあえず、しゃべり場にいらしてみてはどうでしょうか。みんなで待ってます」って。

先日、ケイコさんが話してくれたのは、イギリスの事情だ。飛行機で隣り合わせた青年が、ロンドンで医師をしておりパーキンソン病のこともよく知っていて、「日本ではあまり見かけないが、イギリスでは、パーキンソン病と思われる方や車椅子に乗った障がい者たちをよく街中で見かけた」と話していたとのこと。公共の乗り物やお店などを利用する人が増えれば、街中の不便さも改善されるだろうし、より優しい街になったらさらにいい。

このところ、症状の判別が少しできるようになり、パーキンソン病の方を見かけることが多くなったけれど、だからといって外へ出る患者さんが増えたとは言えない。それはきっと、自分と同じようにたどたどしく向こうから来る人が、同病であると理解ができるようになったのではないだろうか。

確かにパーキンソン病の人は増えている。だが、外に出かけて活動している人とあまり出会わない。私の勝手な憶測を言わせてもらえば、この病気に罹るのは、他人に迷惑をかけてまで外へ出るなど、あり得ないくらい実直で真面目な方が多いように思う。だから外へ行くたびに迷惑をかける私の厚かましいエピソードが、とんでもない武勇伝のように受け取られる。

しかし同時に、誰しもが病気になるのだ、と私の反骨心が湧いてくる。パーキンソン病は、今全国で患者数十五万人から十八万人とも言われている。その方たちが、仕事だって趣味だって人との関わりだって、できることを探せばあるのに、諦めているとしたらもったいない。みんなが行きたいところへ行ける、やりたいことができる社会であってほしい。それが結局は、健康な人にとっても生きやすい社会だと信じるから。

さて、自分のことだ。

退職後、何をしようか。子ども食堂も近くを通りかかった時に見せてもらったが、人手も多過ぎるくらいいて、充分な気配であった。市の図書館の読み聞かせのことも聞きに行ったが、ちゃんとグループがあって、人手は余るくらいあるらしかった。子どもの貧困をテーマに、塾や子ども食堂などを開いている団体にもアクセスしてみたが、人手よりまず寄付金、という現実のようだ。

さて、私にできることは何だ？　まあ、ゆっくり考えよう。

第六章

次は私も応援団

リズム感

身体が動けなくなっても、まだ声は大丈夫と信じていた。確かに、声が小さくなる方が多いパーキンソン病患者の中でも、私の声はまだ大きく出せる。しかし、卓球でもわかってきたとおり、リズム感がなくなった。歌をみんなで歌っていると、私一人だけ遅くなって、まるで演歌歌手が混じっているかのようだ。コブシもないけど。

音楽を仕事にしているミチコさんやヨシコさんにとっては、この病気によるダメージも大きいようだ。ミチコさんは、教会や地域サークルでピアノやオルガンを弾いているが、スピードがどんどん速くなるのが悩み。合唱のサークルも、自身の入院でつぶれかけたが、PDCafé仲間の「もっと歌いたいよ、辞めないで」という声に発起し、Café仲間に呼び掛けて一緒に歌おうと誘いかけている。

ヨシコさんは、中高年の生徒にピアノを教えている。身体や指先が揺れて弾きにくく、限界も感じると言いつつ、スケジュール表は真っ黒だ。

「いつも悪いね、しゃべり場の場所取りとか手伝えなくて」

と言うので、

「全然。仕事ができるって素晴らしいことじゃない。生徒さんたちから断られるまで、やれるところまでやったらいいよ」

と私は答えた。

私も友人、知人のおかげでやりたいことができている。その分、みんなの力になれることがあれば、少しでも力を尽くしたい。世の中、誰かを応援する人は必ず応援してもらえるというのが、今まで生きてきた中で得た人生訓だ。

「あなたも私も応援団」が私のキャッチフレーズ。学ランを着て、ハチマキ巻いたおばさん応援団を想像すると、ちょっと笑える。

リズムの狂った、調子っぱずれの三三七拍子でもいいかしら？

絵本とおはなし

入院中のこと。

私の病室は、子ども三人とその付き添いのママという構成で、ある日、病室は満杯になった。私は子どもを見るとつい、何して遊ぶ？　という流れになる。いつもの私だと鬼ごっこ、かくれんぼ、といった、かけっこ系を提案するのだが、車椅子に乗った小二のヒナちゃん、三日間脳波のモニターをつけた中学生のアイちゃん、薬の副作用で半日眠ったままの小三のユウちゃんの三人相手では、絵本を読むか、おはなしをしてあげるしかない。

ん？　何だ何だ？　この職業意識は。

しかし、子どもたちの期待のまなざしには負ける。では、と記憶を探り探り、現役の頃覚えた『エパミナンダス』を話し出す。狙いどおりのところでにやりと笑うアイちゃん、最初そっぽむいていたユウちゃんも次第に身体を乗り出す。そして眼鏡の奥の瞳をキラキラさせて聞き入るヒナちゃん。ママたちの視線もしっかりこちらを向き、頑張っての応援を感じる。のってきたぞ、では次は、おはこの『三枚のお札』秋田弁バージョン。

おはなしが終わると、律義なアイちゃんママが、

「野﨑さんの声がとても優しく、私まで癒されました」

とあとでメールをくれたが、観客が揃って聞く態勢になるとおはなしもすらすら出てくる。

児童館の仲間と共に、月一度のおはなしの勉強会に参加してきたことが、役に立った。今まであまり熱心にはやってこなかったが、たった二つのおはなしでも覚えて良かった、と初めて思う。このシチュエーションでできることがあって、良かった。

ヒナちゃんは聡明で、表情もいきいきして魅力的な子だ。今日は採血とあって、朝から

ブルー。みんなに「頑張って」の言葉をかけられて、採血室へ行った。十一キロしかない身体の細い腕に注射針が刺さるのはつらいだろうなあ、と思いながら待っていると、案の定、鼻をすすりながら帰ってきた。

すぐに執刀医が来て、「どうだった?」と聞くと、「痛いから注射は嫌だけど、一度で済んだからゆるす」(前は、血管を探して何度も針を刺されたのが痛くてたまらなかったらしい)との言葉に、室内の空気が一気に緩んだ。

中学生のアイちゃんは、OTさんから髪の毛の三つ編みの仕方を何度も習っていた。カーテン越しにOTさんがこう言うのが聞こえ、私も納得させられた。

「たかが三つ編みと思われるでしょうが、本人の希望されることをじっくり丁寧に練習してできるようになるって大事なんです。そこで自信がつけば次に進めるでしょ。一つ一つに自信を持つことが、前に進むためには大切になってくるわね」

そうか、と改めて自分の子育てに思いを馳せる。私は子どもにとって過重な設定を押しつけて、そこまでできなきゃダメ、みんなに追いつかなきゃダメ、と勝手な親だった。子どもも自分の希望は何かと意識する前に、私が示したゴールを目指して必死に走らされたのだろう。もう四十になろうという子どもに謝っても仕方ないが、ごめん。

ユウちゃんは、新島の開放的な環境と姉兄にもまれてたくましく育った子だ。ママとのやり取りも聞いていて楽しい。いつもゲーム機が離せないのは、おそらく注射だの手術だ

のと続く先への恐れや不安から逃れるために必要なのだろうと思う。しかし、外へみんなで散歩に行くと、

「のざちゃん、かけっこしよう」

と言い、一番元気だ。私も、よし、と駆け出して、（あれ？　さっきまで動きが悪いって先生に泣きついていたのはどうした？）と我ながらびっくり。

三組の親子と私、病院の広大な敷地で夕方のやわらかな空気をたくさん吸って、シロツメグサで冠を編みながら帰りつくと、三一七の病室にはすでに夕食が届いていた。いつも優しい看護師さんが、

「神隠しにでもあったのかと思ったわ」

とにこやかに言ってくださり、内心ひやひやしていた大人たちはホッとした。

「入院して楽しい思い出ができるなんて、初めて」と、ママたちが言っていたが、いつかなる時も子どもには、苦しみのあとにはご褒美がなくちゃ、ね、と子どもたちと目配せし合う。

そして私の体内にドーパミンが生まれて、身体中を満たしているのを確かに感じるのだ。

チャイルド・ライフ・スペシャリスト

ヒナちゃんたちを相手に絵本を読んでいる時、やはり入院中の六年生のレイちゃんという子がずかずかと入ってきて、

「何やってんのさ。あんた、名前は？」

と私を指さして聞く。小さい子の親には、なんだろこの子と思われそうだが、思春期の子どもと付き合った経験のある人なら驚かない。レイちゃんは夜九時を過ぎ消灯時間がきて、みんな自室にひきあげても寝られないと言い、忙しい夜勤の看護師に適当にあしらわれ、さりとて病室にもいられず、毎晩うろうろしていた。一度、消灯後の薄明かりの中でトランプに付き合ってから気にはなっていたが、その時は同室の三人の子たちへの気持ちでいっぱいで、レイちゃんには向き合えずにいた。

三人の愛しの子たちは、ほどなく退院していった。「〇〇ロス」というような気持ちに襲われて、私は不覚にもナースコールを押してしまう。よりによって若くてあんまり愛想のない看護師が来て、まさか少し手を握ってもらえないか、などと言うこともできず、涙

が出て止まらない。

「具合が悪いなら、横になって静かに休んだらどうですか。また用事があったら、ナースコールで呼んでください」

とそのナースは木で鼻をくくったようなことを言って出ていった。その後、私はもっと落ち込んで号泣する。薬が効かず、動けない時に、感情の爆発がくる。

それからほどなく、廊下からレイちゃんの声がした。四年生のミクちゃんもいるようだ。

「あら、レミちゃん?」

わざと違う名を言ってやる。

「チゲーヨ」

「違った? じゃあ、レ、レンカちゃんだった?」

「チゲーヨ、覚えてねえのかよ。レ・イ」

と言いながら、ずかずかと病室に入ってくる。病室の外でミクちゃんが、

「いいの? レイちゃん、よそのお部屋に入って、怒られるよ」

と、心配げに言う。

「いいんだよ、ここは」

レイちゃんは偉そうに言う。私も涙をふきふきして、

「怒らないから、入っておいで」

と声を掛ける。

レイちゃんの狙いは、私のタブレットだ。エヴァンゲリオンのテーマ曲『残酷な天使のテーゼ』を聴きたいのだ。時折「これ血だぞ」とか「やっちまえ！」などと叫びながら観ている。それをミクちゃんと私は、やれやれという顔で目を交わす。

それからレイちゃんは、ときどき私の病室に来て、裁縫をしているのを見ては「私もやりたい」と言い、リンゴの皮をむいているのを見ては「やりたい」と言う。六年生だと家庭科で裁縫も調理実習もしているはずだが、なんにもやったことがないと言う。その事情はさておき、やってみたいと言う時がチャンス。しかし残念なことに、自信を持ったことのない子の常で、すぐに「できない」「やめた」「やって」と言う。ナイフを持つと「あ！これって人を刺し殺すやつだ」とか「これで切ると死ぬ？」などと異常な反応を示していた。

聞くところによると、同じくらいの年の子のベッドにもぐり込んで、おもちゃなどを取って我がもの顔に遊び、相手のママにひんしゅくを買っているらしい。そちらから苦情が出ると病院側も部屋を替えたり、対処せざるを得ない。手術から二ヶ月、レイちゃんは安住の地を求めてうろうろしている。親の愛情に飢えて、甘えられる相手にのめり込む。人との距離の取り方がわからないのかもしれない。

しかしそれを教えるのは難しい。しかも、いずれ学校へ戻らねばならない。レイちゃんのような子を学校へ、また社会への適応を促す役割の大人の力が欲しい。もちろん小児科の看護師の役割も大きいが、それは適性と善意に頼ることになり、仕事としては過重になると思う。

病院の中で子どもと信頼関係を作りながらサポートする役割の大人を「チャイルド・ライフ・スペシャリスト」と言うそうだ。アメリカで資格を取るため、日本にまだ五十人弱しかいないそうだ。どこの病院の小児科でも、夜間の態勢を含めて常駐できるといいのになあ、と思う。

ユリちゃんのこと

連休が明け、先生も休日から病院に戻り、診察に来た。

「どうされました？　薬を飲み忘れたんですか？」

「いや、忘れたっていうより、飲むのを忘れるくらい熱中していたっていうことです」

「でも、三時に飲むはずの薬を五時に飲んだってことですよね」

「そういうことなんですが、先生もおっしゃっていたじゃないですか。薬は麻薬のようなものだって。この記録を見てください、先生。入院してから動きがいいのは、病院の子どもたちと接している時なんです。つまり、一人でポツンとしている時は動きが悪くて、薬のことが頭から離れないし、子どもたちと関わっている時には、薬のことは忘れられるし、自分のドーパミンが出ているって感じられるんです」

高望みしていると言われたことに、言い訳のようだが、私としては精いっぱいの言葉を費やして話した。

先生が去ったあと、今朝入院したばかりのユリちゃんが、

「すごい！　野崎さんって先生にも自分の気持ちが言えるんだ、すごいことですよ」

と手を叩かんばかりに言う。自分では、しどろもどろで、苦手意識、劣等意識のある医師にものを言えないと思っていたので、嬉しかった。

ユリちゃんは、十八歳で罹った脳炎が元でてんかんを発症、その中でも近々の記憶をなくしてしまう珍しい症状なのだそうだ。四十歳で、素敵なご主人と、近くに住むお母さんと、犬とで暮らしているという。小説やドラマなどは、筋を忘れてしまうので見られないのだそうだ。ユリちゃんは言う。

「あたしは、何にもできることがないの。野崎さんのように前向きには、なれない」

そんなあ、と私は一瞬絶句。「そうだ、ユリちゃんのできること探しをしよう」と、私はユリちゃんにそう言うと、

「あたしにできることは、忘れないようにこうしてメモを書いて、忘れたら見るようにしているることとくらい」

と自嘲気味に見せてくれたのは、細かい字でぎっしり書かれたメモだった。こんなに努力しているんだあ、またまた涙が出る。

「何も自分がしなくても、人の応援をするってのもいいかも。旦那さんが輝いているのは、ユリちゃんが応援しているからでしょう」

「いやあ、しょっちゅう、あんたに私の苦しみなんてわからないって、ぶつけちゃうの」

そう自分を語る時点で、彼女はそのことを非としているのもわかる。

「私もよ、けんかになって『あんたのせいで私が病気になったんでしょ』なんて言ってしまって、関係ないのに八つ当たりもいいとこだよね」

と、話がいろいろあっちこっちしながら、ユリちゃんが、

「こんなに（私のこと）わかってくれる人に会ったの、初めて」

と言う。少し嬉しくなった。

その午後、彼女はぐっすり眠ったようだった。ぼんやりと起き抜けの彼女に、

「ユリちゃん、さっきのあれなんだけど」

と話しかけると、怪訝そうな顔をする。（しまった！　そっか、これが病気の正体なんだ。ほんとに忘れちゃうんだ。悪いこと言っちゃった）と思い、慌てて恐る恐る、

「私のこと、覚えてる？」

と聞くと、

「覚えてますよ。ただ話した中身はメモ見ないと」

とのこと。少しほっとした。

翌日、ユリちゃんに、「これから、母が来るので会ってください」と言われ、外泊の時間をずらして待つ。ユリちゃんのお母さんは、ユリちゃんが自慢に思うのにふさわしい、笑顔の素敵な同世代の方で、少し話しただけで気持ちの通じ合うのがわかった。途中、涙ぐむ様子に、ついもらい泣きもしたが、しかし、母は賢く、強い。娘の持っている力を信じていると言い、前を向いていた。

アリスン・マギーという作家が作った『ちいさなあなたへ』（主婦の友社）という絵本を思い出した。生まれてきた子どもによせる母親の思いが、詰まった本である。その中に、

『うれしくて　たのしくて、ひとみを　きらきら　かがやかせる　ひが　きっと　ある』

『かなしい　しらせに　みみを　ふさぎたくなる　ひも　あるだろう』

という言葉がある。成長とともに、子どもの前に立ちふさがる悲しみ、苦しみを乗り越えるのは子ども自身。乗り越える娘の力を信じられるのは、母親としての器の大きさでもあると思う。

それから、ユリちゃんは手術があり、術後のバタバタのうちに私も退院したので、ユリ

ちゃんの様子はユリちゃんのお母さんとのメールで伺うしかなかった。「もう四日も痛い痛いって、なんにも食べられないんです」というメールに心が痛んだが、私も入院で体力も落ちて、そうでなくても、できることはなかった。最初の手術で頭にリードを差し込み、何日間か発作が起きるのを待ち、てんかんの原因になっている個所を特定し、再度の手術でその病んだ部分を取る、という段取りとのことだった。

記憶はともかく発作は、格段に少なくなったらしい。退院日に我が家に立ち寄っていただくようご招待し、お二人も楽しみにしてくれたのだが、悲しいかな、ユリちゃんは入院の間に私のことも記憶をなくしてしまい、お家に帰りたいという帰巣本能に沿ってか我が家には寄らずに帰ってしまった。

手術後、お見舞いに行った時に話していて、

「てんかんの人の中で、この記憶がなくなるのは、重症みたい」

とユリちゃんも言っていた。

また別の日、ユリちゃんのお母さんに聞いた話だが、精神科の医師に、「お母さんと旦那さんに依存しすぎなので、少し距離をとるように」と言われたそうだ。

「え？　依存って」と、困惑しているユリちゃんのお母さんと、二人で絶句した。彼女には記憶の中に夫と母親（父親もいるが）しかいないのだそう。その意味では、赤ちゃんも一緒なのだ。

夫にユリちゃんのことを説明していると、夫が、
「本当に孤独だろうな」
とぽつんと言う。
ご主人も医者もご両親も私たちも、何をしてあげたらいい？
何かしてあげられることはない？
あなたの孤独を真に理解することもできないのだけれど。

母たちへ

ユリちゃんが手術のため個室に移り、そのあとにほかの病室から移ってきたのは、サワちゃんという三十歳の方だった。自分の周りがシーンと静まるとさみしいのか、大きな声で叫ぶ。日中付き添うお母さんは、夕食がすむと自宅に帰り、夜は一人になるので最初は私もどうしたらよいのかわからず、何か読んであげると静かになると伺っていたので、絵本を読む。二冊読んだところで、サワちゃんの名前が秋田の母と同じ（そういえば、母の友人たちが「サワちゃん」と呼んでいたな）だと思い出し、「九十も過ぎると同級生も同

じぐらいの歳の友達もいなくなってさみしいもんだ」と、長生きすることを疎ましげに話していたなあ、などと取り留めなく思い出し、私は「ね、サワちゃん」と何度か名前を呼ぶ。すると、サワちゃんの大声がやみ、静かに私のほうに視線をあてて見ている。

翌日から、サワちゃんの大声が始まりそうな時は、「どうしたの、サワちゃん」と、歌うような節で声を掛けると、反応するかのように静かに、回りにくい首を懸命に回して、私のほうを見ようとする。

サワちゃんのお母さんと話しているうちに、

「この子を育てて三十年ですよ、私六十ですもん。私の人生の半分……」

と泣き出した。いつも明るくて楽しげな方も、時には泣きたいこともあるのだろう。サワちゃんのお母さんは、サワちゃんが通う施設で父母会の役員も引き受けていて、障がい児の親たちにも、やはり重いの軽いのとお互いを隔てようとする気持ちがあり、苦労もあるようだ。

「でもね、心の中ではうちの子が一番かわいいと思ってるのよ、私だって」

と最後は笑顔だ。

見渡せば、私の友人のあの人もこの人も、夫の病気、子どもの障がいなどに直面して彼らがそれを乗り越えられるように力を尽くし、仕事や人生に自信を持てるように、自分の持っているものを全部使い、支えている。そんな友人たちの生き方は、すでに光り輝いていると思う。

たとえ子どもに伝わろうと伝わるまいとにかかわらず、母たちの思いはこれからも続く。私もせめて、しっかり見届けなきゃならない、と思う。誰かがそばで見ていてくれることで、折れそうな心も支えられるかも、と信じる。

ラッキーマン

かなり前のことだが、アメリカの『グッド・ワイフ』というドラマを観ていたら、マイケル・J・フォックスが脇役で出演していた。その役がなんと、主役の女性弁護士に対抗するあくの強い弁護士で、神経系の持病があるという設定だった。映画『バック・トゥ・ザ・フューチャー』の主役の頃よりは歳を重ねているが、若々しい風貌は変わらず。それが、ジスキネジアと思われる身体の動きをしながら、法廷で裁判長に訴えるのだ。確か、気にしないでくれと言いつつ、同情を買い、病気を最大限利用している弁護士の役だった。

彼がパーキンソン病だということは知っていたが、病を売りにする俳優というのも「えー!」という感じで興味を引かれ、さっそく彼が書いた『ラッキーマン』（入江真佐子訳・ソフトバンクパブリッシング）を読む。

三十歳の彼は、ある朝、左手の小指が勝手にぴくぴくと動くのを見て、異変を知る。だが、彼はそれを贈り物と言う。

「こんな贈り物などいらないと人は言うだろうが、この病気にならなかったら、自分がこの十年近く歩んできた心豊かな深みのある人生は送れなかった。（中略）この神経系の病気にならなければ、ぼくはこの贈り物の包みを開けることは決してなかっただろうし、これほど深く豊かな気持ちにもなれなかったはずだ。だから僕は自分のことを幸運な男（ラッキーマン）だと思うのだ」

と彼は書く。

マイケルはパーキンソン病になったことを幸運と断言する。七年間も家族、友人に知られないように隠し通したのに？　あと十年は仕事ができますよ、と診断した医師を遠ざけ、なのにその言葉に怯え、焦って撮影の仕事を詰め込んだのに？　中毒になりかけるくらい、そして離婚の危機をもたらしそうになるくらいアルコールに逃げ込んだのに？

彼は、視床破壊術を受けたあと、病気を公表した。秘密にしてきた七年間と、自分の楽観主義や感謝の気持ち、パーキンソン病を抱えての人生のある面を笑い飛ばせる能力などを語る。そして、長い間社会から取り残されたり、誤解される恐怖に慄いて、何でもないふりをしてきた人々に、希望と勇気を与えることになる。そこでの仲間たちとのやりとりが、彼の力となったのであろう。その後、「マイケル・J・フォックス　パーキンソン病リサーチ財団」を設立する。

パラリンピックの時に、「障がいは不便であるが、不幸ではない」という言葉があった。では、パーキンソン病は？

「不運ではあるが、不幸ではない」と置き換えてみると、しっくりするね、などと私は仲間たちと言い合っていた。ここで私は考える。

病気になって、苦しいこと、つらいことをたくさん経験した。しかし、それは身体的にということであり、精神的にはどうだったろうか。

少なくとも、家族は私に優しくなったし、私も以前のようなブルドーザー並みの動きで「私は、こんなに頑張っている」と無意識にプレッシャーをかけることもなくなった。以前は夫への不満でいっぱいだったし、夫もそんな私に不満だったのだろう、けんかばかりしていた。若い時からの友人も、今のほうが付き合うのが楽になったと私のことを言う。

空想家庭料理店ままやとして自宅をお店にみたてておもてなしの場にしたり、卓球をしたり、と積極的な自分を思い描き、努力し、周囲の援助を得る。PDCaféやPDCaféプラスに出るようになって、素敵な仲間が増え、みんなが自分をさらけ出していい場に出会えた。

また、世の中の人々の痛みや身体的辛さに思いを寄せられるようになりつつある（かな？・）。

そしてこれが一番だと思うが、いつもにこにこしていられるようになった。笑顔が私にできる唯一の、そして一番の応援歌だと思うから。

あれ？　これっていいことだらけじゃない。これらのことは、マイケルの言う「深く、豊かな人生」と同じようにも思える。

そう、ラッキーかも。

デヴァちゃん

「ＤＢＳをしても飲み薬が多いのでは手術の意味がない」という主治医の勧めで、電極の調整のための入院をする。一週間の予定を三週間に延ばしても、ふらふらした感じは消えない。

「残念だけど、ＤＢＳの限界ですね。ふらふら感を訴える方は多いんです。見た感じはしっかり歩いているようですが」と木村先生が残念そうに言う。その言葉に、先生の誠意を感じた。

これからどうしよう。

入院中に私は、頭に差し込んだリードと胸に埋め込んだ刺激装置と、それを埋め込んだ身体を総称して「デヴァちゃん」と名前をつけていた。このデヴァちゃんが、またはちゃめちゃでとか、やんちゃでねえ、と言うとなんだかかわいく思える。ちゃんとトイレに行けた時は、「よしよし愛《う》いやつ、愛いやつ」とかわいく思い、天気のせいか気圧のせいなのかデヴァちゃんもしっかり動けない時もあり、そんな時は、仕方ないから今日は休業日かなという具合だ。

しかし、最後の一晩だけ脳外科にベッドの空きがなく、神経内科に移った時があった。その時のデヴァちゃんの扱いには困った。夕食時にホールを突っ切って自室に入らなければいけないのに、デヴァちゃんが嫌がって嫌がって大変だったのだ（嘸下に心配や不安のある入院患者は、ホールで一緒に食事をとっていた）。

「だって、二十人くらいいる人たちが、みんな無言でこっちを見るんだもん。見ないで、じろじろ見ないで！」というデヴァちゃんの声が、体内に響く、踊る。手と足がバラけて先に進まない。PDCaféプラスでも見たことのある現象だ。ジスキネジアがひどくなると、もう身体が制御不能なのだ。相手が子どもであれば「のざちゃん踊り」などと言い、笑って遊びに変えたりもできるが、相手が高齢の病の方たちとあっては、悲しいかなにこりともせず、話しかけたり言い訳したりの余地も見当たらず。たくさんの視線を浴びる時は要注意だ。

先生からデヴァちゃんの使い方を教えてもらい、強、中、弱に自分でも調節できるようになった。病気や身体をデヴァちゃんが全部コントロールできるわけではない。しかし、デヴァちゃんのおかげで、失くしかけた希望を手に入れたのは確かだ。

未来に向かって

今の私の課題は何だろう。

とりあえずは運動だ。病気を理由に少しサボり過ぎたかもしれない。とにかく自分は病気だからできなくて当たり前、というのはもう辞めないか。そのままずるずる足が、体幹が弱るのを茫然と見て終わる気かい？　とデヴァちゃんに叱られる。

薬で補わずとも、自分のドーパミンが出る時もだいたい予測がついてきた。薬に頼って飲みすぎる弊害は充分思い知った。一日の総量を守って薬の飲み方を自分なりに工夫するのもありか、とも思っている。

パーキンソン病患者として、できることは何だろうか。

それは、仲間と励まし合うこと、新たなことに挑戦すること、そして日々笑顔でいること。健康な人たちにとっては至って簡単なことだとは思うが、パーキンソン病の患者には少々高いハードルかもしれない。しかしそれはすべて自分がやってみようと思えばできる、誰かの手を借りずともできる、今日からすぐ始められることでもある。

今はスタートの合図を待つランナーと思えばどうだろう。焦らなくてもまだまだ余裕があり、でも準備を怠らず、足踏みをしたり柔軟体操をしたりして待つ。ゴールの先にあるのは、新たな薬や新たな治療法だ。スタート時間もゴールの場所もそれぞれ違うが、お互いに声を掛けたり、水を分け合ったりしている。空や雲を眺めたり、鳥の鳴く声も聞こえ、木々や道端の草や花に目を留めて、気持ちはさらに前向きになる。人の足に踏まれながら、小さな、でも確かにきれいな花も咲いている。咲きながら頑張れ、と応援しているかのようだ。自然に笑顔も出る。

スタートは、もう間もなくだ。

おわりに

一緒に頑張ろうよ、と励ましの気持ちを文章にしたら、実は私自身がたくさんの方たちに励まされていることを実感して、改めて感謝の念でいっぱいになった。

本を作るにあたり、表紙の絵を指田ふみさん（アトリエいまじなしおんにて絵画指導）に描いていただいた。

章ごとのカットは、南椌椌さん（カレー屋店主、絵本作家）に描いていただいた。

たくさんの貴重な感想とアドバイスをくださった友人たちにも感謝の言葉を伝えたい。

子どもたちや母を支えてくださっている皆さん、いつもほんとにありがとう。

いつもいつも根気強く私を支えてくれている夫に、この本を捧げたい。あなたのおかげでもう少し頑張れそうな気がしている。

（村田美穂先生は二〇一八年、膵《すい》がんで亡くなられた。私の周りでも先生の、患者の心に寄り添う言葉や姿勢を慕う方は多い。院長になられてからあまりお目にかかる機会はなかったが、初診の時の言葉やアドバイスは、私にとっては今でも暗闇で足元を照らす灯り

となっている。(合掌)

著者プロフィール

野﨑 美穂子（のざき みほこ）

1954年秋田県生まれ、東京都在住
秋田県立角館高校卒業
東北大学教育学部教育社会学科卒業
地方公務員として児童館、学童保育、公園の現場で40年働く

パーキンソン病と暮らす

2019年12月15日　初版第1刷発行
2023年9月5日　初版第4刷発行

著　者　野﨑 美穂子
発行者　瓜谷 綱延
発行所　株式会社文芸社
〒160-0022　東京都新宿区新宿1－10－1
電話　03-5369-3060（代表）
03-5369-2299（販売）

印刷所　株式会社フクイン

ISBN978-4-286-21127-5